慈軒 李靜子의 제8시조집

내 안의 섬

이정자 지음

새미

Jaheon. Lee, Jeongja, The Eighth Sijo Collection

My inner island

By. Lee, Jeongja

SAE-MI

이 도서의 국립중앙도서관 출판시도서목록(CIP)은 서지정보
유통지원시스템 홈페이지(http://seoji.nl.go.kr)와 국가자료공동목
록시스템(http://www.nl.go.kr/kolisnet)에서 이용하실 수 있습니다.
(CIP제어번호: CIP2014016064)

* 저자 소개

* 시인, 국문학박사, 영문학학사
* 시조집『기차여행』,『시조의 향기』외 6권
* 자유시집『마음의 풍경』외 2권
* 학술서『현대시조 정격으로의 길』외 15권
* 학술서『문학의 이해』, 2012년도 문화관광부 우수학술도
  서 선정
* 시조문학 작품상(2006), 고산윤선도문학대상(2012), 한하
  운문학상(2013) 그 외
* 한국문인협회원, 현대시인협회와 한국시조시인협회 중
  앙위원, 이대동창문인회 이사, 시조사랑시인협회 자문위원,
  (사)한국시조문학진흥회 제3대 이사장(2011~2013), 고문

2009년에 제6집 『자연의 곳집을 열고』와 제7집 『부엉이 바위』를 합본으로 내고, 이제 5년 만에 제8집을 낸다. 제8집은 그간 문예지에 발표한 작품을 중심으로 편집했으며 신작 몇 편을 추가했다. 제1부는 단시조 1, 2, 3을, 제2부는 연시조 1, 2, 3으로 엮었다. 제1부 단시조는 모두 영역하여 실었다. 어떤 계기로 인해 순전히 시조 영역을 위해서 한국방송대학교 영문학과를 수료한 덕분이다.

2008년 『조선일보』 '독자칼럼'에 '시조의 세계화를 꿈꾼다'(2008.09.09)가 나간 후 몇 분으로부터 격려의 전화를 받았다. 그 후, 한국서학회(이사장: 이곤) 초청으로 '시조의 이해'란 주제로 '예술의 전당'에서 강연한 바 있다. 이어 한국서학회에서는 2009년도에 <시조로 꾸미는 아름다운 한글서예전>을 예술의 전당에서 열었다.

요즈음은 여기저기서 '시조의 세계화' 소리가 들려온다. 반가움과 함께 시조의 세계화를 꿈꾸면서 쓴 5년 전이 생각난다. 그리고 그 토양을 일구기 위한 한 방편으로 택한 영문학 전공도 (사)한국시조문학진흥회에서 반년간으로 발간하는 문예지『한국시조문학』과 함께 이제 작은 결실을 맺었다. 시조전문지인『한국시조문학』은 시조의 세계화를 향하여 '영역 시조'에 이어 6호부터는 '중국어 번역 시조'도 실을 것이다.

시조는 운율이 있어 노래하듯 읽기에도 편하고 암송하기도 좋다. 시조의 장점을 살려 독자와 공감대를 갖고 울림으로 퍼져 나가기를 바란다. 시조는 우리 고유의 자랑스러운 정형시定型詩로 '국민시'이다. 시조는 결코 어려운 것도 아니고 진부한 것도 아니다. 우리의 언어 구조가 시조쓰기에 적당할 뿐이다.

우리말의 언어구조를 잘 알고 요리하면 가능한 것이 시조의 형식이다. 대다수의 우리말은 2·3음절로 이루어진다. 이를 운용하고 활용하고 곡용하면 3·4·5음절이 된다. 이를 시조에 적용하면 시조가 요구하는 외형적인 율격과 함께 시어의 압축과 절제는 물론 구와 장간의 의미율을 충족시킬 수 있다. 그것이 시조의 묘미이고 시조미학이다. 우리의 것에 자부심을 갖고 시조시인이라면 당당하게 '시조집'으로 독자에게 다가가기 바란다.

물론 시조도 '시'이다. 하지만 시조는 '시'가 되지만 '시'(자유시)는 시조가 될 수 없다. 그래서 '시조'이면 '시조집'으로 내는 것이 옳다. 자유시인지 시조인지 일반 독자의 눈높이로는 헷갈리는 시조를 시집이라고 내지 말고 '시조'이면 떳떳하게 시조집으로 독자에게 다가가면 시조의 저변 확대를 위해서도 도움이 된다.

아무쪼록 이정자의 제8시조집 『내 안의 섬』이 이정자의 '현대시조 창작원리'인 『현대시조, 정격으로의 길』과 함께 현대시조가 정격으로 가는 길에 하나의 디딤돌이 되기를 바란다. 특히 『현대시조, 정격으로의 길』에서는 현대시론에 입각한 시조 시인의 작품이 해설되어 있고, 150여 편이 인용되었다.

시조의 세계화는 내용과 함께 잘 다듬어진 형식 또한 겸비해야 한다. 시조 번역도 내용 전달만이 아니라 시조 형식과 그 율격에 맞추어 번역을 해야 한다. 이는 자유시와의 변별을 위해서도 필수적이다.

2014.5.
― 慈軒 이정자

Sijo is poetry native to Korea. It is distinguished from free poems as a separate identity that it has its own formal beauty, and the works that deviate from this poetic rule are guarded against. In the past ancient *Sijo*, in terms of both music and literature, was a major genre in harmony with Chang(songs), however, In modern times, it has been created irrelevantly with Chang.

With most English-version *Sijo* works, foreign readers can't feel the specific character of *Sijo* works because it is not proper to translate *Sijo* works in accordance with the formality of English poetry.

For example, Following English translation of the best known Korean *Sijo* is Seong, Sam Moon's 'Constant song.'

Let's try to read the following *Sijo* together.

[You asked me/what I'll be(3 · 3)/
when this body/is dead and gone?(4 · 4)//
On the topmost peak/of Pongnaesan(5 · 4)//
A great spreading pine/is what I'll become(5 · 5)//
There to stand/alone and green(3 · 4)/
when snow fills/all heaven and earth(3 · 5).
(translated by Calvin Oluke)]

This is not in accord with *Sijo's* form, so I have been opposing to Calvin's translation. While the following does not; Let's try to compare, the two, the former with the latter.

['When this frame/is dead and gone(3 · 4)/
what will then/become of me?(3 · 4)//
On the peak/of Pongnae-san/(3 · 4)
I shall become/a spreading pine(4 · 4)//
When white snow/fills heaven and earth(3 · 5)

I shall still stand/lone and green(4 · 3)'

(translated by Richard Lutt)]

This translation exactly agrees with Korean and English syllables in *Sijo*; the first verse: 3/4/3/4, the middle verse: 3/4/4/4, the last verse: 3/5/4/3.

I have been translating *Sijo* works in English by Richard Lutt's method. (translated by Lee, Jeongja)

****

2013년 11월 22일 어느 출판기념회에 갔다. 시는 4개 국어로 번역되었다. 모두 원어민이 번역하였다. 그런데 영어 번역이 잘못되었음을 영문학 석학으로부터 지적받았다. 이유인즉 정형시를 음률에 맞추어 번역하지 않고 의미 전달만 했다는 것이다. 시는 의미와 함께 리듬이 살아나야 한다는 것이다. 그 지적을 듣고 혼자 미소를 지었다. 나의 주장과 같기 때문이다. 더구나 시조에 있어서야 말해서 무엇하랴. 그래서 막간에 인사를 하고 명함을 나누었다.

본 시조 번역은 한국어와 영어의 음절수를 맞추어 번역하였다. 예를 들면 '언제나'를 번역하는데 'always'이면 영어로는 2음절이다. 우리말의 3음절을 맞추기 위해 'at all times' 혹은 'all the time'으로 한다. 이렇게 의미가 같으면서 음절까지 같게 번역하였다. 일반적으로 이렇게 맞추어 번역을 하지 않음을 보게 된다. 이는 시조를 자유시같이 쓰는 것과 같다고 할 수 있다. 이에 본 '번역자'는 시조를 정격으로 쓰듯이 번역도 정격에 맞추어 하려고 한다. 그것은 시조의 기본 형식과 맛을 외국인에게 제대로 느끼게 하기 위해서이다. 같은 시조를 두고도 위에서 보듯이 번역에 차이가 있음을 본다. 이에 필자는 리차드 럿의 방법을 취한 것이다.

시조의 구 개념과 마찬가지로 번역은 음보 중심이 아니라 구 중심으로 함이 의미전달이 정확함을 알게 된다. 리차드 럿도 구 중심으로 번역했음을 알 수 있다. 물론 이 규칙에서 약간은 어긋나는 번역도 있다. 그만큼 시조 번역이 어렵다는 증거이기도 하다.

*차례 Contents

제8시조집을 내면서

제1부

단시조 (1)

단시조 (2)

단시조 (3)

제2부

연시조 (1)

연시조 (2)

연시조 (3)

제1부

단시조 (1)

내 안의 섬

내 안에
섬 하나쯤
무인도로 품어보자.

바다가 그리울 땐
파도소리 꺼내 놓고

갈매기
벗을 삼아서
수평선도 달려보자

An island in my mind

In my heart,

An island or so,

Let hold as an uninhabited;

When I long for the sea,

Taking out the sounds of waves,

And making

Seagulls as my friends,

Let's run to the horizon.

물안개 · 2

운우를 꿈꾸었나.
승화를 꿈꾸는가.

구절초 향기 속에
깊숙이 빛을 당겨

햇살을 반쯤 먹고는
무지개를 타네요.

−『시조문학』2010년 봄호

A wet fog · 2

Did it dream a ecstasy?
Would it dream sublimation?

With the fragrance of Siberian,
Dragging deeply Sunlight,

Having eaten half a the sunlight,
A rainbow plays on the swing.

하루쯤은

가끔씩 하루쯤은
없는 날로 비워보라

마음이 가는 대로
발길이 닿는 대로

사유의 시간까지도
텅 빈 날로 비워보라.

-『시조춘추』4호

About one day

Now and then, about one day,
Let it empty with nothing day.

As my mind takes me somewhere,
As my feet lead to me wherever,

Even the time of the thinking,
Let it empty with a hollow day.

잔인한 4월이었네 · 1

꽃피고 새순 돋는
희망의 새봄인데

천안함 침몰사태
전국을 흔들더니

드디어
지구촌 곳곳서
사건사태 줄을 잇네.

— 『새시대문학』 2010년 가을호

The cruel April · 1

It is the new spring of hope,

The flowers bloom, putting forth buds,

Cheonan ship, sinking incident,

Shakes the whole country,

Finally,

Throughout the globe,

Accidents are linked in succession.

잔인한 4월이었네 · 2

자목련 뚝뚝 지는
잔인한 4월이여

바람도 스산하게
꽃잎은 휘날리고

천안함
영령들이여
잃어버린 4월이여.

(2010.4.30)
― 『새시대문학』 2010년 가을호

The cruel April · 2

It is the cruel April that
The red magnolia is dripping.

The wind also blow drearily,
Flower petals are fluttering.

Cheonan ship,
The Spirits with Her,
The lost April gone with Her.

풍경

　– 나비효과

포르르
새 한 마리
잔디에 내려앉아

무언가
부지런히
콕콕 쪼며 살피더니

어느새
10여 마리가
술래잡기 놀이하네.

– 『현대시조』 2012년 봄호

A sight

— Butterfly effect

Poreureu,*

A bird comes down

On the grass lawn from a tree.

Something,

Pecking diligently,

She observe around,

Unnoticed,

More than a dozen birds

Are playing a game of hide and seek.

---

* Poreureu : Korean onomatopoeic word.

징소리

– 시조계의 양립을 보며

너와 나 시조사랑, 방법의 차이일 뿐

시조의 전통 맥을 올바르게 전수하여

펜 대회* 주제에 맞춰
시조의 징 울리자.

– 『현대시조』 2012년 봄호

---

* 2012년 9월 10일에서 15일까지 경주 현대호텔에서 제78차 국제
  펜 대회가 열린다.

The sound of bells

You and me, Sijo-Sarang(love) is only the different of grasp,

As instructing the traditional pulse of Sijo rightly,

Focussed on Pen Conference* theme
Let's ring the Bell of Sijo.

---

* No.78 International Pen Conference will be held at the Hyundai
Gyeongju hotel 2012.9.10~15.

행복한 호수

한가한 호숫가에
산그늘이 드리우면

호수네 식구들이
하나둘씩 모여들어

제각기
뜻을 펼치며
한가하게 유영하네.

– 『창조시조』 2012년 봄호

A happy lake

On the peaceful lake,
When the shadow of Mt. hang down,

The lake's family
Is gathered one or two

Every one
Laying out as wishing,
Is swimming leisurely.

초상화

내 삶의 정수만을
뜨겁게 달궈 내어

불후의 명작 하나
언제쯤 그려낼까

염천에
궁구한 뜻을
하루하루 그리다.

―『한국시조문학』3호

A portrait

As being heated hotly
The only essence of my life

when should I draw splendidly
A immortal masterpiece.

On hot days,
The meaning of research,
I have been drawing day by day.

성묘길

녹색의 길을 따라
마음은 달려간다.

깊은 숲 등성에서
두 분이 먼저 나와

긴 숨을
내어 쉬면서
손을 잡아 반긴다.

－『문학공간』 2012년 8월호

A Seongmyo Path

Longing mind runs up to them
Going along the green way,

In the ridge of the deep forest,
My parents come before us,

More or less,
Taking a long breath,
Take me by the hands and rejoice.

---

* Seongmyo means to visit ancestral graves on the Chuseok.

별밤

새까만 밤하늘을
촉수 높여 불 밝히다

휘영청 하늘 등불에
스르르 촉수 낮춰

올여름
전력비상엔
유비무환이라네.

ー『펜문학』2012년 7 · 8월호

The night in stars

The deep black night sky,
Raised the tentacles, turned up the light.

Brightly, by the sky lamplight,
It is lightly, lowers the tentacles,

this summer,
Electricity is
'Providing is preventing.'

한국옻칠회화*

우리의 전통문화
깨어나는 색의 언어

장인의 붓끝에서
현대와 조응하여

천년의 신비를 캐며
비상하는 꿈을 꾼다.

－『현대시조』 2012년 봄호

---

* 옻칠과 나전의 재료적 특성과 기법을 활용한 새로운 장르의 회
화이다.

Korean Lacquer paintings*

Our traditional culture,
The language of color awaking,

At the end of craftsmen's brush,
In response to the modern,

It dreams of flying, to research
Mystery of a millennium.

---

* Korean Lacquer paintings is a new painting genre applied material
  characteristics and techniques of lacquer and lacquerware.

꽃망울

딱딱한 껍질 깨고
용케도 나왔구나

따뜻한 햇살 베고
아기처럼 잠을 자네

엄마의 품에 안긴 듯
평화로운 저 모습.

− 『시조문학』 2011년 봄호 신작 특집

A flower bud

Breaking a rigid shell,
You came out skillfully.

Making a pillow with sunshine
You are sleeping like a baby.

As if embracing in mom's breast,
Peaceful that appearance.

그리운 얼굴

– 이산가족 상봉을 보며

이념의 푯대 너머
저리도 만나는데

별세한 이산에는
만날 길이 전혀 없네.

이 세상
떠나는 날엔
마중 나와 반기실까?

–『현대시조』 2011년 봄호

Longing faces*

Beyond the post of ideology,
Those people are meeting like those,

In a dispersion by death,
There never is a way to meet.

On the day
I should leave this world,
Could my parents welcome me?

---

* Watching the reunion of separated families of South and North Korea.

무위의 힘

층층한 생각 사이
의식의 낱알들이

하나씩 솟아나며
호수를 이루더니

이윽고
수초가 움찔
구름 한 점 지나간다.

–『현대시조』 2011년 가을호

Energy of do-nothing

Grains of consciousness being
Among thought in layer on layer

One by one,
Spring out, making a lake,

In a while,
Water grasses move,
A cloud passes by aside.

단시조 (2)

잔상殘像

노을을 가득 품고
강물이 떨고 있네.

잔물결 재우면서
빛살을 녹이면서

떨림도
음양이 어우러져
아름다운 하모니.

(2009.9.22)
─『시조문학』2010년 봄호

An afterimage

Filled with the glow in the sky,
The river water quivers,

As putting wavelets to sleep,
As Being rays of light to melt,

Trembling, too,
Matched with Yin and Yang,
Makes beautiful harmony.

봄비

저리도 부드럽게
조심스레 세필 세워

촉촉이 스며들어
여백을 채우면서

대지에
풍경 그리는
조물주의 초록꿈

- 『시조춘추』 3호

Spring rain

In that way, carefully
Erecting a slender brush,

Soaking wet moderately,
Filling up the vacancy,

On the ground,
Drawing scenery,
It is the green dream of God.

온천탕에서

뽀오얀 수증기에
피어나는 연화송이

한 무리 선녀들이
탕 속에서 유유悠悠하네

'벗음'도
'아름다움의
원초적인 미학'인 걸.

– 『녹색문학』 창간호

In the hot spring

Lotus flower clusters

Ascending from milk white vapor,

They are a group of Fairies,

They are playing in the bath.

The 'Nude' too,

Is 'the primordial

Aesthetics of the beauty.'

비상을 꿈꾸다

가지 끝 휘파람새
비상을 꿈꾸는가

휘얼훨 날아가라 높이높이 날아가라

후루루
휘파람 불며
뜻을 펼쳐 날아라.

―『시조사랑』2012년 창간호

Dreaming a flight

A whistle-bird on the branch,
Is she dreaming her flight?

Do flutter far, further, do flutter highly, highly

Hururu,
Blowing the whistle,
Do fly spreading your desire.

탑

  – 大師 졸업 50주년에 부쳐

흐르는 세월 따라
고운 얼굴 주름져도

연륜의 귀한 모습
더없이 늠름하다.

저마다
닦아온 길서
탑 하나를 세우네.

(2011.6.2)

A tower

Along time and tide flowing,
Even wrinkled such a sweet face,

A precious aspect of the ring,
The most of all is gallant.

Every one,
On the way trained,
Set up a beautiful tower.

은행잎

자연의 순리대로
피어나고 뻗어나고

마지막 순간까지
눈부시게 장식하다

떨어져
땅에 누워도
아름다운 삶이여!

Ginkgo leaves

As rationale of the Nature,
Growing up and stretching,

Till the last Moment of the death,
It is beautiful brilliantly,

And Fallen,
Though lying down on the ground,
The beautiful Ginkgo's leaves!

꿈이 있기에

만선을 꿈꾸면서
출항하는 어부에겐

새까만 바닷길도
반짝이는 보석이다.

희망을 걷어 올리는
풍요로운 길이기에.

Have a dream

Hoping the ship full of fish,
To the fisherman setting sail,

A deep-black sea road also,
It is the glittering jewel.

It is an abundant passage
Drawing up his desire from sea.

체면

체면은 건강할 때
지켜지는 자존이다.

아프면 마음부터
어린애로 돌아간다.

속살을
내어보여도
부끄럼을 모르니.

–『현대시조』2010년 봄호

A honor

A honor is a self respect
Keeping when we have a healthy.

If we get sick, from the heart,
We should go back children.

Getting sick,
Showing the inside flesh,
We should not know 'having no shame.'

오수午睡

햇살도
물을 찾아
멱을 감는 여름 한낮

바람도
물 위에서
스르르 잠수하고

시정詩情도
계곡에 잠겨
긴 오수를 즐긴다.

— 『문학공간』 2012년 8월호

A siesta

Sunbeam too,
Seeks for water,
Sinking his feet secretly,

The wind too,
On the water,
Softly goes into water,

Poetic mind,
Soaking in a valley,
Enjoys a long siesta.

한가위

한가위 몇 잔 술에
취해 버린 가을 산은

노을빛 하늘에도
술잔을 또 권하네

신명난
휘몰이 장단에
보름달도
얼~쑤! 얼~쑤!

– 한국현대시인협회 2012년 후반기 원고

Hangawi

The autumn mountain drunk

With a few drinks of Hangawi,

Even the glowing sky,

Recommends a wineglass once more,

Excited,

In the 'Hwimori'* rhythm,

The full moon also dances with them.

---

* Hwimori : a kind of tunes in Korean traditional music.

유엔공원

부푼 꿈 고이 실은
KTX는 달려가고

산화한 푸른 꿈은
바람결을 타고 오고

역사는
말이 없어도
가슴으로 느낀다.

(2011.5.16)

The U.N. Memorial Cemetery

Loading their swollen dream nicely,

KTX runs up to Seoul.

Oxidized blue dream is still

Coming along with the wind.

History

Is nothing more to say,

However, I feel heartburn.

계절의 의미

순환의 계절 속에
연연마다 아쉬운 건

裸木(나목)의 가지에선
연연마다 새싹인데

인생의 한 번 간 봄은
다시 오지 않는 것.

A meaning of the season

On the cycle of the season,
I feel something lacking,

On the boughs of the bare tree,
Push out new buds year after year,

The springtime of life that once passed,
Will never come back again.

내 그릇

어느 땐 조금 담아도
넘치는 듯 뿌듯하고

때로는 곱절을 담아도
부족한 듯 위축되고

날마다
재어보아도
알 수 없는 내 그릇.

My vessel

Anytime, put in it a bit,
As overflowing, I fill my heart.

In some cases, filling in it double,
It is shrunken just as lacking in.

Day by day
Though I measure of it,
I do not know about it.

빈자리

채워진 자리마다
푸근하고 흐뭇하고

아무리 일궈내도
다함없는 知의 세계

날마다
보태어 담아도
갈증 나는 빈자리.

A vacant seat

Every all seat that is filled,
It warm me and gratify,

However hard I may work
The world of knowledge lacking,

Day by day
Though I fill up it,
The vacant seat thirsting.

강가에서

강물은
흐름이 안 보여도
바다에 닿는다.

강물은
드러내지 않아도
그 목적을 달성한다.

고요히
흐르는 강물에서
겸손을 배운다.
순리를 배운다.

On the riverside

The river,
Even its flow does not show,
Reaches to the sea.

The river,
Even its flow doesn't expose,
Attains the object.

Silently,
At the river running,
I learn modesty and right.

단시조 (3)

청송

백설을 휘감고도
짙푸른 저 기상은

오뉴월 푸른 피를
상기 간직했음이야

눈꽃 속 청정한 기개가
마음결을 고르네.

− 『시조문학』 100인선, 2011년

A green pine

Even if it covered with snow,
Deep blue, that spirit,

It is because that it is
Keeping May and June's blue blood,

The pure spirit of snow-flower
Evens the texture of the mind.

펑펑눈

지구촌 곳곳에서
한파와 눈사태다

겨울철 펑펑눈은
풍년의 예고라네

이념의 칼날 너머도
풍년이면 좋겠다.

─『현대시조』2010년 봄호

A heavy snow

All over the global village
Are cold wave and avalanche

In winter, a lot of snow
Is a notice of the good harvest.

Beyond the ideological blade, too,
I wish them to live well.

동행

젊음의 고운 빛깔
한 발 물러 바라보며

세월의 잡티들을
연신 털며 가려는데

영혼의 낮은 소리가
함께 가라 이르네.

−『시조문학』2011년 봄호 신작 특집

Going together

Beautiful color of youth,
Looking at it back one foot,

I am going to go, shaking off
The spots of time and tide,

But, a low sound of the soul says,
"Go together with all them."

삶

오롯한 길을 밟아 평생을 가고픈데

굽은 길 뒤틀린 길 고개 너머 또 한 고개

하나씩 넘어가면서 삶이란 걸 배우네.

-『시조문학』2011년 봄호 신작 특집

Life

Treading on the perfect route,

I want to go for a lifetime

But, a curve road, a twist routine,

Beyond the crest and another.

One by one, going beyond it

I learn about 'what is life.'

노을빛 의암호

호수를 배경으로 포즈를 취해보다

노을로 물든 하늘 낙조는 찬란하다

조물주 놀라운 손길 잠시 숨을 멈추다.

–『시조문학』 2011년 봄호 신작 특집

The glow light Uiam-lake

I pose for a picture,
Against the backdrop of the lake.

The sky imbued with a glow,
The setting sun is brilliant.

Amazing hands of the creator,
For a while, I stop my breath.

해동 소리

가만히 귀 기울여
개울가에 앉아보면

해맞이 버들개지
반 눈 뜨고 물 마시고

투명한 얼음 아래선
동자승의 독경 소리.

－『시조문학』2012년 여름호

A thaw sound

Silently, incline to my ears,
Taking a seat on the creek,

A pussy greeting the sun,
Opening half an eye, drinks water.

Under the transparent ice line,
Sutra chanting of a boy monk.

가을 운율

황금빛 들녘에서
넘실대는 벼 이삭과

실실이 익어가는
빨강 고추 장단 맞춰

신명난 고추잠자리
허수아비 춤을 춘다.

– 한국현대시인협회 2012년 상반기 연간집

Autumn rhythm

In the golden open field,
The billowy rice plants,

Be ripening solidly,
Red peppers beat a rhythm,

The cheerful red dragonflies
Dance to the scarecrow's tune.

기적 소리

아련히 사라져간
추억의 기적 소리

동산에 올라가서
기차꼬리 바라보며

괜스레
마음이 설레
기적 소리 뇌어봤지.

– 철도청 시화전 작품

A whistle sound

A whistle sound of recollection,
That had been disappeared dimly.

Climbed on the garden,
Looked at the train tail,

Uselessly,
Stirring in my mind,
I reiterated a whistle sound.

호출 번호

안경을 찾을 때면
핸드폰이 생각난다.

동선을 따라가며
역으로 살펴본다

호출칩 장착된 안경은
누가 발명 안 하나?

― 『한울문학』 2011년 8 · 9월호

A call number

When I find my eyeglasses,
It reminds me of a cellphone.

Following the movement of me,
I look around the reverse course

Call chip-equipped eyeglasses,
By whom it will be invented?

십자가 · 1

어느 땐 십자가가
나의 길을 열어주고

어느 땐 십자가가
나의 빛이 되어준다

오늘은
그 십자가로
가슴앓이 많이 했다.

A cross · 1

Anytime, the Holy Rood
Leads me the way opening.

Sometime, the Holy Cross,
Offers me the light making

This morning,
By the Holy Rood,
I have a lot of heartburn.

십자가 · 8

그대는 무엇으로
십자가를 지고 가나

마음을 비워내고
무심으로 돌아가자

인생사
희 · 노 · 애 · 락도
마음 따라 오는 걸.

A cross · 8

What do you go to bear by
A heavy burden of the Cross

Empty the vice out of thy mind
Let's return to the purity.

Things of life,
All of those things too,
Come along with your mind.

시조야 시조야

민들레 홀씨 되어
바람타고 날아가서

지구촌 곳곳마다
튼실하게 뿌리내려

김매는 마음결 따라
곱다랗게 피어라.

－『시조문학』 2012년 봄호

Sijo, Sijo

A dandelion becomes a spore,
Riding on the wind and blowing,

All over the world, anywhere,
As it put down roots solidly,

Going with mind cultivated,
Do blossom beautifully.

문향탑

나무(木)가
나무(木)에게
새해 덕담 나누었다.

"금년엔 우리 모두
하나로 숲(林)을 이뤄
울창한
삼림(森) 속에서
문향文香탑을 쌓아요."

—『시조문학』2012년 봄호

Tower of fragrant literature

A tree talks

To another tree

New year well-meant remarks.

"In this year, all of us

Make a forest of writing unit,

Luxuriant,

Among forest zone,

Let's erect literary tower."

소망

꽃씨가 제 스스로
바람에 날려가듯

시조도 꽃씨처럼
곳곳으로 퍼져나가

세상이
시조 꽃으로
아름답게 피었으면.

A desire

As the flower seeds, by themselves,
Blow on the wind and go far away.

Sijo also, spreads everywhere
Like the flower seeds,

I want that
The world should be blooming
Prettily with flowers of sijo.

오월

청춘의 피돌기가
신록에서 반짝이며
쭉 뻗은 가지마다
숨 가쁘게 달려가네.

초록빛
대지의 꿈도
솟아나는 이 계절.

-『문학세계』2013년 7월호

May

The cycle of the blood of youth
Is glittering in fresh verdure,
It run up to Every branch
Stretching straight breathlessly.

Green color,
Dream of earth also,
Is gushing out in this season.

제2부

연시조 (1)

흐뭇한 미소

1
"시조협 창립이래 치열한 선거전은
이번이 처음"이라, 회원들은 경악하다
시조의 발전이라며
밝게 미소 지었지.

모두가 시조사랑, 방법의 차이일 뿐
시조의 전통 맥을 올바르게 전수하여
글로벌 시대에 맞춰
시조의 종 울리자.

2
시조협 창립이래 최고의 투표율에
회원들 어리둥절 또 한 번 경악하다

시조계 발전이라며
고개 들어 끄떡였지.

어느 편 누가 됐던 승자는 패자에게
패자는 승자에게 손을 잡고 나아가면
펜 문화 밝은 미래가
시조계에 있으리.

(2012.2.19)
－『한국시조문학』 2호

서비스 종료

　－ empas.com 내 블로그가 사라지다

내 맘껏 갖기에는 블로그가 최상이라
필요한 모든 자료 욕심껏 가져와서
폴더를 추가하면서 곳간마다 채웠다.

뿌듯한 포만감에 스스로 만족하며
수시로 살펴보고 숨음질도 잘 했는데
그 어느 공간을 돌며 나를 찾아 헤맬까?

　　　　　　　　　　　　　－『현대시조』2011년 봄호

욕심

내 나이 사십일 때 생사의 기로에서
유서를 쓰다말고 하나님께 기도했다
아들 딸
결혼을 보게
65세까진 달라고.

이순耳順을 맞으면서 세월이 아쉬웠다
오 년은 짧았기에 10년을 경영했다
덤으로
건강과 수명을
더 달라고 기도했다.

— 『시조문학』 2010년 가을호

유심唯心

지고한 만해정신 산림에 앉았어도
드높은 횃불 되어 만인을 불러오니
오롯한 마음 하나가 너와 나를 지키네.

심오한 만해 사상 해마다 궁구해도
넓고도 높은 뜻을 그 누가 다 밝히랴
오롯한 마음 하나가 온 우주에 넘치네.

— 『유심』 2011년 11 · 12월

백두산 천지

딱 벌린 입 안으로 천지가 들어온다.
햇살을 가득 실어 찬란한 저 물빛을
마음에 가득 담아서 고운 꿈을 새기자.

가슴을 활짝 열고 천지를 품어보자
넘치는 물길 내려 젖줄이 되게 하여
오천 년 겨레의 역사 하나이게 이어보자.

한겨레 하나로써 이어가는 줄기 따라
한반도 백두대간 민족의 얼 맥을 이어
풍만한 대지의 어미로 영원토록 기리자.

(2010.5.15)

-『시조문학』2011년 봄호

노르웨이 여정

흰 구름 한 무리에 파란 하늘 펼쳐있고
만년설萬年雪 폭포수에
어우러진 초원草原의 집
천국의 계단을 밟듯 무중력의 자세다.

강물의 V자 계곡, 빙하에 U자로 깎여
바다가 침식하여 피오르드 되었다니
음 · 양이 절경을 이룬 환상적인 만남이다.

시침은 밤이지만 낮인 듯 훠~언하니
일몰의 시간 뒤에 일출을 다시 보려
희미한 백야의 밤을 보초 서듯 지킨다.

－『시조문학』 2011년 가을호

새벽길

새벽길 열어가는 활기찬 걸음마다
시간을 재단하며 꿈을 싣고 달려간다.
소망은 스스로 여는 것
의지 따라 달린다.

아련한 추억 속에 마주치는 영상마다
풀어낸 사연들이 펄럭이며 다가온다.
그렇지, 바로 이거야
차근차근 살핀다.

가야지, 초지일관. 하나의 길을 향해
다가선 그 길 위에 소망을 올려본다.
옳거니, 상생의 길에서
시조 한 수 날린다.

- 『시조사랑』 2013년 연간집 원고

새 의자

'새' '처음'이란 말은 신선하나 어설프다.
'새' 살림 '첫' 사랑에 마음 조며 힘들어도
풍성한 내일을 향한 꿈을 꾸며 살았지.

졸지에 낯선 꿈이 또 이렇게 왔다 해도
이 또한 나를 키우는 한 푯대로 삼으면서
순수한 열정을 모아 그 중심에 두련다.

–『창조시조』 2012년 봄호

진정한 부자

하 많은 재물에도 그 소유에 얽매이면
마음의 여유조차 가질 틈이 없어져서
매사에 인색해지고 마음 또한 각이 선다.

가진 것 적더라도 베풂에의 삶을 살면
마음이 여유로워 매사에 원만하고
재물에 얽매지 않아 마음 또한 풍성하다.

― 『현대시조』 2011년 봄호

실타래

긍정적 마인드로 모두를 바라보고
상대를 포용하며 나의 길을 가려는데
유려한 실타래 하나 꼬이면서 잡히네.

어쩌랴 풀어야지 내 길 위에 있는 것을
마음을 다스리며 다가가서 손 내 밀고
어린 싹 모종 옮기듯 가만가만 풀어보자.

(2011.2.5)
－『창조시조』 2012년 봄호

어버이날에(10)

내 안에 늘 계시어 나의 길을 밝히시는
당신의 큰 사랑은 나의 신앙, 나의 등불
세월이 흘러 흘러도 난 당신의 어린 꽃.

오월의 훈풍처럼 그 손길 다가와선
꽃잎을 어르시며 지켜보는 눈길에서
아직도 당신 앞에선 난 연약한 어린 싹.

당신은 나의 삶에 옥토로 내리시어
새싹을 기르시고 봉사하는 기쁨까지
고운 맘 덤으로 주어 당당하게 하시네.

(2010.5.8)

– 2012년 모던 포럼

병마총*

농부의 손에 의해 발견된 병마도용
역사적 보물로서 관광객을 불러오니
역사는 아이러니일까 선·악조차 헷갈리네.

역사적 무덤에서 진시황은 살아났고
힘없는 백성들의 피·눈물의 결실로써
황금알 역사보물로 중국인은 살찐다.

병마총 역사보물 시황제는 영웅이네
중국의 관광사업 날개를 달았으니
하 많은 희생의 대가는 후손들이 즐기네.

ー『시조문학』 2011년 가을호

---

* 시황제 업적으로 병마총과 만리장성이 유엔 세계문화유산에 등
재되었고 중국의 위대함도 관광사업도 날개를 달았으니 '역사는
아이러니'이다.

봄맞이

이슬비 소곤대며 새싹을 깨워주고
봄바람 살금살금 강물을 건너오고
물안개 피어오르며 실바람도 재우네.

촉촉한 대지 위에 술렁이는 생명들이
배시시 눈을 뜨고 햇살한줌 받아먹고
봄맞이 초록 뜰에서 꿈을 꾸고 있네요.

(2010.3.14)
-『현대시조』2011년 여름호

역설의 미학 · 2

마음을 비워보라 한가득 채우리니
가만히 눈을 감고 세상을 읽어보라
눈뜨고 못 본 세상이 눈에 가득 오리니.

이루지 못한 꿈이 아쉽다 생각되면
저만치 물러서서 지성껏 맞아보라
그렇게 바라던 꿈이 손을 뻗어 오리니.

− 2012년 『낙강』 초대석

시조의 꿈

이렇게 태어났지 엄마 아빠 마음으로
아끼고 사랑하는 넉넉한 손길 따라
웅비의 꿈을 싣고서 맘껏 펼쳐 가라네.

민족의 얼을 담아 끈기로 나아가고
하나로 연을 이뤄 너도 나도 함께하여
새로운 장을 펼치며 우리 혼을 새기지.

가꿔온 시심들을 하나씩 풀어내어
가락에 멋을 부려 깜냥대로 올리어서
겨레의 숨결 머금고 날개 펼쳐 가라네.

선비의 정신기려 문향에 담아내어
어설피 머금은 곳 더러더러 살펴가며
한국의 시조문학을 지구촌에 보내지.

추억을 되새기며 어제도 담아내고
미래를 꿈꾸면서 내일도 새겨 넣어
이 세상 어느 곳이든 시조노래 펼친다.

－『창조시조』 2012년 봄호

연시조 (2)

하늘 아래 황산

'아~아' 뭇 탄성이 귓전을 두드린다
펼쳐진 전경 따라 탄성만 더해가고
조물주
기막힌 솜씨
어찌 말로 표현하랴.

눈앞의 신비경에 마음을 풀어 놓아
내 몸은 날개 달고 허공에 두우 둥둥
하늘 빛
푸른 계곡은
무릉도원 입구일까.

− 한국시조시인협회 2012년 연간집

신장진주사

술잔을 마주하고 이태백을 불러보라
무엇이 문제인가 무념 속에 빠져보라
추억을 반추하면서 한 번 취해 보게나.

인생을 논하면서 회한도 풀어내며
걱정과 근심 따윈 술잔 속에 녹여가며
가슴속 소망과 사랑 함께 풀어 보게나.

－『현대시조』 2012년 여름호

내 안의 섬

내 안에
섬 하나쯤 무인도로 품어보자
바다가 그리울 땐
파도소리 꺼내 놓고
갈매기
벗을 삼아서
수평선도 달려보자

바다 속
해초들과 바닷물을 병풍삼아
저만치 비도秘島 하나
혼자이게 놓아두고
그리운
마음 하나쯤

가져가게 남겨두자.

(2009.8.18)
―『현대시조』2010년 봄호

인동초

− 김대중 대통령 서거에 부쳐

하의도 연화부수蓮花浮水
사자바위 정기 받아
푸르른 햇살 먹고 피어난 꽃이기에
세파가 밀어닥쳐도 꿋꿋하게 버텼다.

하 많은 가시밭길 짓눌린 아픔 딛고
피눈물 삼키면서 피어난 꽃이기에
그 향기 은은하여도 온 누리에 퍼졌다.

반목과 질시 속에 분열과 미움에도
용서와 사랑으로 포용하고 화합하여
이룩한 화해의 손길 하늘 길도 가깝다.

(2009.8.20)
−『한국시조문학』3호

천리포 수목원

자연물 그대로인 천리포 수목원엔
생물은 생물대로 쉼을 얻고 살아가고
개구린* 연못가에서 유유자적 즐기네.

나무는 나무대로 발길을 당겨주고
꽃들은 꽃들대로 눈길을 멎게 하고
새들은 노래 부르며 낙원이라 이르네.

－『시조춘추』2009년 4호

---

* 천리포 수목원 설립자인 고 민병길 원장은 고국인 미국보다 한국
을 사랑했던 귀화 한국인이다. 국제수목학회로부터 세계에서 12
번째로 아시아에선 최초로 '세계에서 아름다운 수목원'으로 2004
년 4월에 인증 받았다. 그는 죽어서 개구리가 되리라 했다.

말 말 말

– 댓글을 보며

아마도 피해의식 상처가 있었나봐
아니면 저렇게도 꼬여진 마음일까
쏟아낸, 말 말 말들은
인격에는 치명타.

이성을 잃고 나면 의식의 흐름조차
감정의 덩어리로 뇌리에 새겨져서
쏟아낸, 언어기호도
주홍 글씨 된다네.

– 『현대시조』 2011년 여름호

실타래 · 2

긍정적 마인드로 모두를 바라보고
상대를 포용하며 나의 길을 가려는데
뒤얽힌 실타래 하나 꼬이면서 잡혔지.

어쩌랴 풀어야지 내 길에 있는 것을
마음을 다스리며 가만히 손 내 밀자
불신의 비수를 날려 공간마다 꽂혔다.

꽂혀진 자리마다 상흔을 치료하며
하나씩 정리하고 새롭게 단장하여
거듭난 탄생의 모습 너도 나도 놀랐지.

돌이켜 살펴보면 인생길 그러한 걸
두어 발 물러나서 하나로 뜻 모으면

못할 게 무엇 있으랴 온 우주도 담겠다.

−『시조사랑』2012년 창간호

근황

은하빛 머리카락 곱다랗게 빗어내려
햇살에 반짝이는 머릿결을 매만지며
지금은 추억을 먹는 그 세월이 그립다.

창가에 자리하고 커피 한 잔 음미하며
잔잔한 클래식에 마음을 맡겨두던
오래전 즐기던 시간 추억만도 향기롭다.

다시금 그 세월이 아니 온다 하더라도
추억 속 그 음악과 녹차 한 잔 앞에 두면
더없이 흐뭇한 마음 창가에서 맴돈다.

— 『현대시조』 2012년 가을호

신경주역

역사驛舍는 십이지신 하늘기둥 떠받치고
수막새 자연조형 돌방무덤 어우러져
천연의 사랑 꿈 소망을 아우르는 동산이다.

펼쳐진 부챗살에 창호무늬, 회랑하며
최첨단 조형물에 즈믄 해를 아로새겨
우뚝 선 신경주역은 벅찬 꿈을 노래한다.

신라의 화랑정신 창공에 띄워 놓고
위용偉容을 드높이며 도약하는 신경주역
새천년 웅비의 꿈을 활짝 펴는 관문이다.

         – 2011년 경주국제문화엑스포기념 시조작가초대전 출품작

길의 선택

고갯길 라면 길에 올라가고 내려가고
팻말*만 보고 간 길 그 누구를 원망하랴
이렇게 악조건인 것은 이정표엔 없었다.

귀가길 젓가락 길 쭉 뻗은 고속도로
인생길 시행착오 그 얼마나 하였던가.
길 따라 운전을 하며 인생길도 배운다.

　　　　　　　　　　　　　－『현대시조』2010년 겨울호

---

* 봉화에서 백암 가는 국도.

6월의 함성

– 월드컵 첫 승리를 보며

지구촌 저 멀리서 물결치는 푸른 함성
인종의 벽을 넘어 코리아는 날고 있다.
하늘도 축복의 단비 풍년으로 길을 여네.

발끝의 기력技力으로 희비가 헛갈리는
지구존 축제마당 코리아는 웃음바다
승리의 축포를 향해 천·지·인이 춤을 추네.

태극의 깃발 아래 전사들은 비호飛虎처럼
조그만 공 하나를 낚아채어 달아나며
삼엄한 수비를 뚫고 골인으로 환호한다.

– 한국시조시인협회 2010년 연간집

그 해 여름

− 6 · 25, 60주년을 맞아

6 · 25가 나던 해는 가뭄도 극심했다.
거의가 천수답인 그 시절 벼논에는
물 없어 갈라진 논이 두꺼비 등 같았다.

온 동네 먹을 것은 침략군이 가져갔고
날마다 잔치하듯 가득가득 음식준비
밤이면 청년들 등에 전쟁터로 배달됐다.

이제와 알고 보니 그 전장이 다부동전
10리 밖 우리 동네 가축은 하나하나
침략자 그들을 위한 희생양이 되었다.

천지가 진동하던 어느 날 폭격에는
길 건너 산등성이 묘지 파듯 패였는데

출격한 B-29 폭격기*가 침략자를 향했다.

낙동강 다리 끊겨 피란 못 간 동네사람
굴속서 생활하며 틈틈이 농사 지어
쌀 대신 수수와 조로 끼니걱정 들었다.

– 한국여성문학인회 2010년 연간집

---

* 왜관 폭격, 대구 방면에서 인민군 공격이 한창일 때 8월 16일 11
시 58분~12시 24분에 UN군 사령관의 명령으로 출격한 B-29
폭격기 98대가 900여 톤의 폭탄을 투하하는 융단폭격을 실시하
였다. 그 굉음이 천지를 진동했다. 모두가 굴에서 나와 그 장면
을 목격했다. 어릴 때 그 경험이 지금도 생생하다.

동행同行, 그 천년의 사랑으로

– 2011 경주 세계문화엑스포대회에 부쳐

천 년의 사랑으로 새롭게 태어나서
경주는 꿈을 꾼다. 비상하는 꿈을 꾼다
지구촌 문화축제가 천년고도 달구네.

세계의 문화 꽃이 한 여울을 이루면서
저마다 폼을 잡고 세차게 솟아올라
낙동강 젖줄을 타고 달구벌도 달구네.

한마당 문화잔치 너도 나도 흥에 겨워
서라벌 달구벌이 어깨동무 춤을 추니
벼리도 달이도 좋아 어깨춤이 얼쑤! 얼쑤!

(2011.7.27)
– 『한국시조문학』 창간호

날아라 독수리처럼

- 2011 대구 세계육상선수권대회에 부쳐

세계로 도약하는 달구벌의 기상이여
넘치는 에너지원, 팔공산의 정기 받아
날아라 독수리처럼 더 빠르게 드높이.

평화를 지향하는 희망의 꽃 육상대회
지구촌 곳곳에서 빛을 안고 들어오니
대구는 활짝 웃으며 버선발로 맞이하네.

8월의 태양 아래 포효하는 주역들이
문화의 경계 넘어 아우르는 축제마당
동방의 큰 빛 드리워 평화의 장 열리네.

(2011.7.20)

-『한국시조문학』 창간호

십자가 추억

날마다 십자가는 섬광처럼 다가왔고
바라만 보기에도 마음 또한 벅찼었지.
한 순간 회오리치며 오만함도 꺾었다.

때로는 목에 걸린 가시처럼 불편해도
내 맘을 다스리던 십자가가 아니던가
내 삶은 그로 인하여 풍성하게 물든다.

-『현대시조』2011년 겨울호

연시조 (3)

삶 · 2

인생길 어렵다고 힘든 일만 있었겠나.
태풍이 지나가면 더 고요한 바다인 걸
궂은 건 망각의 강에, 좋은 것은 추억 속에.

평탄한 삶이라고 쉬운 일만 있었겠나.
궂은 건 씻어내고 좋은 것만 새기면서
이 세상 고운 삶으로 자부하며 사는 게지.

—『현대시조』 2011년 겨울호

멋대로 가는 시조

어휴우,
어찌하랴 멋대로 가는 시조
도깨비 춤에 홀려 정신이 혼미했나
저렇게 제 길을 못 찾고
구절양장이라니.

어휴우,
아까워라 제멋에 쓰는 시조
스타일 주장 말고 기본 틀을 지켜보라
정격이 금상첨화로
세계 향해 달리게.

— 『현대시조』 2012년 봄호

공황恐慌

어쩌지? 공황이다. 배들만 요란하다.
몸 하나 못 가누는 고무풍선 인형처럼
중심을 잡지 못하고 갈짓자(之)로 헤맨다.

아니다. 발전이다. 거듭나기 위함이다.
미아로 애태우던 그 시간이 있었기에
저마다 도약을 위한 마음들이 모일거야.

-『월간문학』 2011년 6월호

정이품 소나무의 말

이제는 쉬고 싶소. 내 맘대로 하고 싶소.
그렇게 당당하고 멋있던 내 모습도
지팡이 수만큼이나 심신이 아프다오.

한때는 위풍당당 위용을 뽐내면서
옷자락 휘날리며 세한에도 빛이 났고
내 앞에 두 손 모으며 인재들도 모이었소.

권좌의 한 편으로 물러난 그 후에도
수없이 오고 가는 사람들을 맞으면서
조금도 흐트러짐 없이 내 위치를 지켰다오.

왕조가 마감하고 세월이 변했어도
정이품 충심에는 한결같은 마음이라

목숨도 내 뜻 아니라 자연사도 못한다오.

(2010.1.19)

-『녹색문학』2012년

용문사 은행나무

육신은 가고 가도 그 넋은 불멸이네
망국을 참지 못해 발길을 돌리면서
심어둔 행 나무 지팡이 얼이 되어 자랐네.

그 자태 그 기품은 하늘 향해 우뚝 솟아
태자의 뜻을 기려 사방으로 뻗어나가
그 기백 가슴에 닿아 서라벌도 품었네.

인생은 간 데 없고 산천 또한 변했어도
나무로 승화하여 천수년도 넘기나니
태자는 신라의 넋으로 오늘날도 살아있네.

(2009.10.20)
-『현대시조』2011년 여름호

누에의 꿈

누에의 푸른 꿈은 먼 시간 달려오다
멈추는 어느 시점 백옥같은 비단실로
해탈의 긴긴 역사를 뽑아내는 즐거움.

누에의 붉은 꿈은 하늘 나는 나방 아닌
거듭 된 고행에도 중용의 어느 지점
해탈의 꿈을 누리며 비상하는 깨달음.

– 한국현대시인협회 2011년 작품집

매화

오는 봄 시샘하듯 함박눈이 내리더니
봄아씨 매화향이 방긋이 웃으면서
차가운
눈꽃을 이고도
햇살인 듯 피어요.

아직도 봄바람은 저만치서 머무는데
고귀한 그 자태를 은은히 뽐내면서
파아란
하늘 바라며
봄바람을 불러요.

―『녹색문학』2호

초록 공간

녹색의 길을 따라 마음을 열어보면
그 깊은 숲에서도 생명들의 속삭임이
가까이 다가와 앉아 쉼을 얻고 가래요.

내 몸은 날개 단 듯 숲속을 유영하고
홀연히 별세상이 내 안에 멈춘 듯이
시간도 초록 공간에 사뿐사뿐 쉬어요.

─『녹색문학』 2호

어떤 시 · 2

대상은 숨겨놓고 이미지만 묘사하여
의미를 희생시켜 암호 같은 언어유희
독자는 알 수 없으니 난해시가 되었다.

무에서 유를 낳아 신의 손을 빌렸으나
의미는 살상되고 암호 같은 관념어라
독자는 알 수 없어도 시의 미학이라네.

나무와 낙엽

나무는 굳건하게 제자리 지키면서
매서운 한파에도 새봄을 준비하며
흩어진 잎새 하나도 품안으로 감싼다.

제자리 못 지키는 포도 위 낙엽 하나
어쩌다 삐쳐 나와 저리도 서성이나
바람아 저 낙엽 실어 갈 곳 찾아 주어라.

-『계절문학』 2013년 여름호

제3의 길

희미한 그림자 속 꿈 하나 남아있다.
가만히 눈감으면 떠오른 고운 이름
예쁘게, 샛별로 떠도 그 음성이 그립다.

그리워 다가서면 꿈결인 양 아득하고
울리는 메아리도 가까운 듯 멀어지고
기어코, 제3의 길을 찾아 나선 것이다.

어떻게 하지?

언어와 한 몸 이룬 무한 공간 어느 지점
사고의 낱알 따라 우주와 교감하고
눈부신 햇살 아래서 꿈을 펼쳐 놓는다.

때로는 쉬어가며 오던 길 돌아보고
징검돌 놓아가며 하나 둘 올라가선
작아도 튼실한 열매 디딤돌로 삼는다.

노을이 서녘 하늘 아름답게 장식하듯
경륜도 젊음보다 여유로운 자산이니
시조의 세계화 향해 아름답게 피우리.

비상飛上 중

이성의 나팔 소리 놀랍고 우렁차다
푸르른 꿈을 안고 달려온 길 위에서
내 꿈을 감성의 성에 잠시 접어 두었다.

접어둔 고운 꿈이 때때로 날개 펴고
무형의 연금술사 꿈처럼 찾아가선
사뿐히 내려앉으며 꿈을 펼쳐 놓는다.

펼쳐진 꿈을 따라 깜냥껏 날아가선
바라본 귀한 이름 그 옆에 새기면서
하나씩 탑을 쌓으며 비상하는 중이다.

축제마당

지나온 몇 성상에 마음 많이 아파했다
어쩌다 내가 안고, 가야 할 몫이 되어
날마다, 두 손 모으며 내 마음을 재웠다.

맨 처음 의자 하나 바라보고 앉았을 땐
어설픈 살림살이 마음으로 다독이며
하나씩 채워나가며 아름답게 꾸렸다.

가슴에 손을 얹고 마음을 다스린다
징소리 울리구나 북소리도 울리구나
목청껏, 하나로 불러 축제마당 펼친다.

(2013.11.30)

시작론

1

대상을 관조하되 감성의 눈을 뜨고
이면을 통찰하는 정서의 직관력이
시인의 기본적 자세 시 쓰기의 첫째지.

2

관조를 통하여서 의미를 발견하고
발견한 의미에서 가치를 부여하여
적절한 시어를 찾아 시의 집을 짓는다.

3

대상을 바라보고 시상이 떠오르면
이미지 풀어내어 시화도 그려내어
그림에 시 한 편 쓰면 문인화도 된다네.

4

추상적 관념들은 구체화 시키면서
연결된 이미지로 정서가 구축되면
객관적 상관물 실어 다시 태어난다네.

5

시인의 상상력은 우주도 초월하니
주제를 감추면서 절반을 비워두면
행간은 독자의 몫으로 상상력을 더한다.

6

친근한 일상어를 시어로 운용하되
때로는 상투어로 박력을 더하면서
낯설고 신선한 언술 감상하며 즐긴다.

7
행간을 읽어가는 상상의 즐거움도
리듬을 타고가면 노래로 다가와서
시의는 범종 울리듯 의미망을 넘는다.

－『창조문학』 2012년 봄호

잔인한 4월이여

잎새달 봄나들이 꽃잔치 아우성이
천지가 진동하는 통곡으로 치달았네
차안과 피안의 길이 어찌 이리 가까울까.

눈물로 새겨지는 잔인한 사월이여
젊음이 또 그렇게* 무참히 가는 구려
가는 듯, 부활절 맞아 모두 함께 오소서.

(2014.4.19)

_____

* 4 · 19 혁명, 천안함 사건, 세월호 침몰이 모두 4월이기에—.

차분한 음성과 절제의 시조미학

– 이정자 시인의 작품 세계

元勇寓(문학박사, 전 교원대 교수)

　우리는 매일같이 사람을 만나면서 교류한다. 그런데 사람에게도 외적인 면과 내적인 면이 있다. 외적인 면에서 사람을 대표하는 것이 그의 얼굴이다. 김 아무개인지 이 아무개인지 구분할 때에 우선 얼굴을 보고서 식별하는 것이 통례로 되어 왔다. 그래서 얼굴을 옛날부터 간판이란 말로 대신 사용했던 것 같다. 하여간에 그 수많은 사람들 중에서 왜 똑같은 얼굴이 없는가? 백이면 백, 천이면 천의 사람들 모두 얼굴이 각기 다르다. 쌍둥이가 있어서 얼굴이 똑같을 수 있지만, 그 쌍둥이라 하더라도 약간의 차이는 있다. 왜 그 수많은 사람들의 얼굴 모습이 모두 다른지 불가사의한 일이 아닐 수 없다.

시조의 경우도 마찬가지다. 시조에는 3장 6구 12음보라고 하는 정형의 틀이 있다. 그 틀에 맞춰서 쓰는 데도 수천 편의 작품이 모두 다르다는 데에 의미가 있다. 만약에 똑같은 작품이 나왔다면 그 중의 어느 하나는 표절 작품이라 이야기할 수밖에 없다. 이처럼 그 수많은 시조작품이 각기 다른 것은 그 작품 속에 지은이의 개성이 표현되었기 때문이다. 마치 사람의 얼굴이 모두 다를 수밖에 없는 것처럼 똑같은 시인이 썼더라도 그 작품이 모두 다르게 표현될 수밖에 없는 것이다.

이정자 시인이 이번에 제8시조집 『내 안의 섬』을 상재한다. 이정자 시인의 작품들은 모두 이정자 시인의 얼굴과 같은 것들이다. 이정자 시인의 시조작품들을 한마디로 평가하면 "깔끔하다"는 말로 대신할 수 있다. 그의 얼굴 모습, 생김새, 말투가 깔끔하듯이, 그의 시조작품들이 모두 깔끔해서 좋다. 그래서 독자에게 호감을 준다.

이번의 제8시조집을 통람하면 이정자 시인의 문학관 즉 시조관을 점쳐볼 수 있다. 그의 시조관은 전통시조이고 정격시조이다. 그는 우리의 시조를 우리 고유의 정형시라 하였고 달리 '국민시'라는 이름으로 불렀다. 하여간에 우리 시조단의 큰 문제점이 시조인지 자유시인지 구분 안 되는 작품을 양산하고 있는 점이다. 시조도 아니고 자유시도 아닌 기형의 작품이 넘쳐나고 있다. 이들은 실험과 새 창조라는 미명 아래 시조의 형태를 마구 흔들고 있는 것이다. 이처럼 시조의 정형과 정격을 흔들어서 생산한 작품이 이른바 단장시조, 양장시조, 사설시조와 같은 것들이다. 필자는 이런 파형적인 작품들을 변종變種이라 부르고 싶다. 이정자 시인은 『현대시조, 정격으로의 길』이란 저서에서 시조의 창작원리를 제시하였다. 이번의 제8시조집을 보면 단시조와 연시조만 써서, 그 이론과 창작의 실제가 부합된다는 사실을 실증적으로 보여주었다. 그는 그의 문학관처럼 정형시인이고 전통시인이고 정격시인이다.

그리고 이 제8시조집의 가장 큰 특징은 자신의 작품을 영역해서 게재한 점이다. 단시조 45편을 모두 영역해서 실었다. 일본의 정형시인 단가는 영역이 잘되어 세계화를 이룩했는데, 우리의 정형시인 시조는 아직 세계화를 이루지 못한 상태다. 세계화를 이루는 데 가장 좋은 방법은 영어는 물론 일본어, 중국어 등 외국어로 번역해서 세계에 널리 알리는 것이다. 이런 운동은 국가기관이나 국제 펜클럽 차원에서 실시하면 좋겠지만, 이정자 시인처럼 개인이 자신의 시조를 영역해서 세계화시키는 데 이바지하는 것도 좋은 선

례가 될 것이다. 이정자 시인은 이 문제에 관하여 "한국어와 영어의 음수율을 맞추어 번역하는 방법을 선택하였다"고 하였다. 예를 들면 '언제나'를 번역하는데, 우리말의 3음절을 맞추기 위하여 'all the time'이라 번역했다는 것이다. 이처럼 의미가 같으면서도 음절수까지 같게 번역하였다고 하니, 그 노고가 얼마나 큰지를 우리 독자들은 헤아려야 될 것이다. 이정자 시인의 이러한 작업이 주효하여 시조가 세계화되는 날이 하루 빨리 이루어지기를 기대해 본다. 이제는 다음 순서로 작품을 실제로 읽어가면서 작품세계를 살펴보고, 그 작품의 특징이 무엇인지 찾아내는 작업을 실시해 나가겠다.

1. 인생이나 삶의 문제를 형상화한 작품

①
인생 길 어렵다고 힘든 일만 있었겠나.
태풍이 지나가면 더 고요한 바다인 걸
궂은 건 망각의 강에, 좋은 것은 추억 속에.

평탄한 삶이라고 쉬운 일만 있었겠나.
궂은 건 씻어내고 좋은 것만 새기면서

이 세상 고운 삶으로 자부하며 사는 게지.

— 「삶2」 전문

②
하 많은 재물에도 그 소유에 얽매이면
마음의 여유조차 가질 틈이 없어져서
매사에 인색해지고 마음 또한 각이 선다.

가진 것 적더라도 베풂에의 삶을 살면
마음이 여유로워 매사에 원만하고
재물에 얽매지 않아 마음 또한 풍성하다.

— 「진정한 부자」 전문

작품 ①에는 이정자 시인의 인생관이 함축되어 있다. 매사를 삐딱하게 보고 부정적으로 보는 사람이 많은 세상에 이정자 시인은 세상을 바르게 보고 긍정적으로 바라본다는 것이 상기 예의 작품을 통하여 증명된다. "인생 길 어렵다고 힘든 일만 있었겠나." 맞는 말이다. 힘든 일, 불편한 일, 괴로운 일도 있었겠지만, 쉬운 일, 편안한 일, 즐거운 일도 있었을 것이다. 세상은 어느 한쪽으로 치우쳐서는 안 되고 음양이 조화를 이루면서 살아가게 되어 있다. 낮에 밝은 빛이 있었으면 밤에 어둠의 세상도 있는 것이다.

태풍이 지나간 바다는 더욱 고요하게 다가온다. 그러한 상태를 시적 자아는 "고요한 바다인 걸"이라 하여 비유로 나타내었다. 그러나 그 고요의 세계만 존속될 수 없는 것이 자연의 이치이다. 고요함 뒤에 언젠가는 태풍이 몰아쳐서 세상을 다시 뒤집어 놓을 것이다. 이 작품에서 초장과 중장은 종장에서의 하고 싶은 이야기를 전하기 위하여 전제로 제시한 것이다. 자아가 실제로 하고 싶은 이야기는 종장에 나타나 있다. 궂은 건 망각의 강에 흘려보내야 한다는 것이다. 좋은 건 추억의 갈피 속에 잘 보관해 두자는 내용이다. 그야말로 세상을 긍정적으로 바라보는 자세가 함축되어 있다. 그러니 복을 받고 행복하게 살 것이냐 화를 입고 불행하게 살 것이냐는 모두 자신의 선택에 달린 문제이다.

제2수에서는 시각을 달리해서 형상화시키고 있다. "편안한 삶이라고 쉬운 일만 있었겠나." 아무리 편안한 삶을 영위해 왔어도 힘들고 고통스러운 일도 많이 겪었을 것이다. 그렇더라도 이정자 시인은 세계를 긍정적으로 바라보고 있다. 궂은 건 씻어내고 좋은 건 새겨서 잊지 말아야 되겠다는 것이 그의 긍정적 인생관에 바탕을 둔 것이다. "이 세상 고운 삶으로 자부하며 사는 게지"는 둘째 수의 종장으로 결

론인 셈이다.

작품 ②의 제목은 「진정한 부자」이다. 이 작품을 자세히 감상하면 무엇이 진정한 부자인지 가늠할 수 있다. 재산이 많고 돈이 많다고 해서 진정한 부자라 보기는 어렵다. 아무리 재물을 많이 가지고 있어도 소유에만 얽매이면 안 된다. 그렇게 되면 마음의 여유가 없게 되고, 매사에 인색해지기 때문이다. 가진 것이 적더라도 베푸는 삶을 살게 되면 상황은 달라진다. 마음이 여유로워지고 매사가 원만하게 진행되어 부딪힘이 없게 된다. 재물에 얽매이지 않기 때문에 마음도 풍성해진다. 시적 자아의 곱고 아름다운 마음이 저절로 솟아나는 작품이다. 베푸는 삶의 모습이 작품의 주제라고 하겠다.

③
지구촌 곳곳에서 한파와 눈사태다
겨울철 펑펑눈은 풍년의 예고라네
이념의 칼날마저도 풍년이면 좋겠다.

— 「펑펑눈」 전문

④
그대는 무엇으로 십자가를 지고 가나
마음을 비워내고 무심으로 돌아가자

인생사 회·노·애·락도 마음 따라 오는 걸.
                                        —「십자가 8」전문
⑤
마음을 비워보라 한가득 채우리니
가만히 눈을 감고 세상을 읽어보라
눈 뜨고 못 본 세상이 눈에 가득 오리니.

이루지 못한 꿈이 아쉽다 생각되면
저만치 물러서서 지성껏 맞아보라
그렇게 바라던 꿈이 손을 뻗어 오리니.
                                        —「역설의 미학 2」전문

작품 ③은 '눈'을 소재로 해서 썼지만, 사실은 우리의 삶의 문제를 이야기한 것이다. 초장에서는 지구촌 곳곳에 한파와 눈사태가 나서 좋은 상황이 아니다. 그런데 자아는 그처럼 눈사태가 나고 펑펑 쏟아지는 눈을 긍정적인 시각으로 바라본다. 속설에 의하면 '풍성한 겨울눈은 풍년을 예고'한다. 단순히 풍년을 예고하는 데 그치지 않고 이념의 칼날마저도 풍년이면 좋겠다고 했다. 그 이념의 칼날이란 우리 사회가 좌우로 첨예하게 대립된 현실을 가리키기도 하고 북녘 땅을 가리키기도 한다. 전자라면, 대립과 갈등이 잘 풀려서 화합과 창조의 방향으로 해결되는 상태를 의미할

테고, 후자라면 흉년으로 먹거리조차 해결 못하는 저 북쪽 땅에도 풍년이 되어 모두가 끼니 걱정 없이 잘 살기를 바라는 시적 자아의 인간애가 표출된 작품이라 하겠다.

작품 ④의 제목은 「십자가 8」이다. 제목만 보면 종교적 색채가 짙을 것으로 사료되나, 그 내용은 인간의 마음가짐이 얼마나 중요한가를 일깨워 주고 있다. 초장에서는 "그대는 무엇으로 십자가를 지고 가나"라고 했다. 여기서 '그대'는 2인칭의 당신을 의미할 수도 있지만 어쩌면 시적 자아 자신을 그렇게 지칭했을 수도 있다. "무엇으로 십자가를 지고 가나"라 했는데, 여기서의 십자가는 다의적인 의미로 해석될 수도 있지만, 예수님께서 십자가를 지고 골고다 언덕을 올라갔듯이, 인간에게 주어진 원초적인 업이라 생각해도 좋을 것이다. 이 작품의 핵심 내용은 "마음을 비워내고 무심으로 돌아가자"는 중장에 있다. 무심無心을 불교 용어로 해석하자면 물욕과 속세의 잡다한 것에서 초월하여 있는 경지이다. 무엇에 집착하고 얽매임이 없다. 스스로 마음은 평온하다. 인간의 희·노·애·락도 사실 마음 따라 오는 것이다. 그래서 그 '마음'이라는 것이 중요하다. 하여 마음을 비워내고 무심으로 돌아가자는 것이다. 이것은 시적 자아의 달관의 인생철학이기도 하다.

작품 ⑤의 제목은「역설의 미학 2」인데, 이 또한 인생문제를 다루면서 깨달음을 주는 교훈적 작품이다. 제1수 초장에서 "마음을 비워보라 한가득 채우리니"라고 하였다. 마음을 비우는데 오히려 가득히 채우게 된다니, 이런 것이 역설의 미학이 아니고 무엇이겠는가. 가만히 눈을 감고서 세상을 읽어보라고 하니, 이 또한 역설의 미학이다. 눈을 뜨고서 읽으라고 해야 정상인데, 눈을 감고서 읽으라고 하니 보통사람의 생각으로서는 이해가 안 가는 것이다.

다음 종장의 내용은 더욱 엉뚱하다. 그래서 재미있다. 눈 뜨고도 못 본 세상이 눈에 가득하다고 했다. 그렇다. 이 세상의 사물은 육안肉眼으로 보이는 것이 있고 심안心眼으로 보이는 것이 있다. 아무리 시력視力이 좋아도 심안으로 보아야 하는 것은 육안에 안 보이는 것이다. 이런 유類의 작품들은 상상력을 더해 준다. 그리고 재미를 더해 준다. 그래서 재미있는 작품이라 명명하고 싶다. 작품에는 재미있게 쓴 작품이 있고 맛이 있게 쓴 작품이 있다. 이정자의 이「역설의 미학 2」같은 작품은 재미있게 쓴 작품이다. 그 다음의 제2수도 역설의 미학으로 빚어낸 작품이다. 이루지 못한 꿈이 아쉽다고 생각되면 저만치 물러서서 지성껏 바라보라는 것이다. 누구에게나 이룩한 꿈도 있고 이룩하지 못한 꿈도 있게 마련이다. 그 이루지 못한 꿈이 있으면 저만치 물러서서 지성껏 맞아보라고 했다. 이 말은 그 소원에 너무 집착하지 말고 또는 조급하게 생각하지 말고 여유를 가지고 정성을 다해보라는 것이다. 그러면 그 바라던 꿈이 스스로 손을 뻗어오고 소원성취하게 되리라는 것이니, 이 또한 달관의 인생철학을 비춰준다. 이런 작품은 그야말로 단순 서정이 아니라 시인의 인생철학이 배어난 의미 있는 작품들이다.

2. 시조사랑과 난해시에 대하여

①
꽃씨가 제 스스로/바람에 날려가듯
시조도 꽃씨처럼/곳곳으로 퍼져나가
세상이/시조 꽃으로/아름답게 피었으면.
　　　　　　　　　　　　　　　－「소망」 전문

②
가꿔온 시심들을 하나씩 풀어내어
가락에 멋을 부려 깜냥대로 올리어서
겨레의 숨결 머금고 날개 펼쳐 가라네.
　　　　　　　　　　　　　－「시조의 꿈」 제3수

③
어휴우, 아까워라 제멋에 쓰는 시조
스타일 주장 말고 기본 틀을 지켜보라
정격이 금상첨화로 세계 향해 달리게.
　　　　　　　　　　－「멋대로 가는 시조」 제2수

　작품 ①은 시조 보급운동에 관한 것이다. 필자도 현재 시
조창작 강의를 하고 있지만 수강생이 많지 않다. 왜 현대시
나 수필 반에는 사람들이 모여들어 대성황을 이루는데, 시
조 창작 반은 그렇지 않다. 안타까운 현실이다. 그 원인이
시나 수필은 쓰기 쉬운데 시조는 쓰기 어렵다는 선입관이
작용하여 더욱 그렇다. 시나 수필은 글자 수나 행수에 제한
없이 자유롭게 쓰는데, 시조는 글자 수나 행수에 제한이 있
어서 옹색하다고 생각한다.
　이정자 시인도 시조가 당면한 문제점을 고민하면서 「소
망」이란 작품을 형상화한 것이다. 시조가 널리 보급되기를
바라는 마음을 '꽃씨'에 비유하여 표현하였다. 꽃씨가 제
스스로 날아가듯이, 시조도 꽃씨처럼 날아가서 퍼졌으면
좋겠다는 바람을 표출했다. 그래서 온 세상이 시조 꽃으로
아름답게 피었으면 더 바랄 것이 없다는 내용이다. 시조가
널리 보급되고 융성하기를 바라는 자아의 소망이 여실하

게 그려져 있는 시조사랑 작품이다.

작품 ②는 제목 그대로 「시조의 꿈」을 노래한 것이다. 초장에서는 가꿔온 시심詩心들을 하나씩 풀어내자고 하였다. 원래 시조는 우리 민족의 사상과 감정을 담기에 가장 알맞은 그릇이라고 한다. 그 사상과 감정은 시조라는 그릇에 담을 내용이다. 그것을 시적으로 표현하고 싶은 마음을 시심 詩心이라 할 수 있다. 그 시심을 하나씩 풀어내어 가락에 멋을 부려 깜냥대로 올리라고 했으니, 이야말로 시조의 운율에 맞게 시상을 전개해나가라는 의미이다. 거기에 숨결까지 머금어야 된다고 했으니, 우리의 호흡에 맞아야 된다는 이야기고 우리 민족의 얼이 담겨야 된다는 뜻이다. 그리고 종장 후구에서 "날개 펼쳐 가라"고 부르짖은 것은 우리의 시조가 웅비하고 한 단계 업그레이드되어야 한다는 것을 은유적으로 표현한 것이다.

작품 ③의 제목은 「멋대로 가는 시조」이다. 지켜야 할 규정이나 법칙을 준수하지 않고 제멋대로 쓴 시조가 많으니 '어휴유'라는 감탄사가 나왔다. '어휴우'는 그 정도가 심했을 때 자신도 모르게 튀어나오는 감탄사이다. 틀이나 율조 律調를 지키지 않고 쓴 시조를 '제멋에 쓰는 시조'라 지칭하였다. 스타일만 주장하지 말고 기본 틀을 지키라고 했는데,

시조의 기본형은 통상적으로 초장 3434, 중장 3434, 종장 3543이라 알려졌다. 그런데 작금에 발표되는 시조들을 보면 이러한 기본 틀을 무시하고 제멋대로 쓴 시조가 많으니, 안타깝다는 이야기 외에 달리 방법이 없다. 종장에서는 "정격이 금상첨화로 세계 향해 달리게"라는 구절로 마무리했으니, 정격시조로써 세계화로 나아가는 것이 금상첨화인 점을 강조한 것으로, 곧 이정자의 시조관이 그대로 솟아난 작품이다. 이정자 시인의 시조는 수식어나 군더더기가 없다. 필요한 말만 골라서 하기 때문에 간결미를 느끼게 되고, 말을 극도로 아껴서 쓰기 때문에 절제미를 느끼게 된다.

④
피카소 그림 보듯 한동안 젖어본다
행간의 추상화를 골을 따라 짚어 본다
이상의 오감도 너머 알 수 없는 언어유희

  — 「어떤 시 1」 전문

⑤
대상은 숨겨 놓고 이미지만 묘사하여
의미를 희생시켜 암호 같은 언어유희
독자는 알 수 없으니 난해시가 되었다.

무에서 유를 낳아 신의 손을 빌렸으나
의미는 살상되고 암호 같은 관념어라
독자는 알 수 없어도 시의 미학이라네.

─「어떤 시 2」 전문

　작품 ④의 제목은 「어떤 시 1」이지만 부제가 '난해시를
보며'로 되어 있으니, 난해시에 대한 소견을 시조 형식에 담
아낸 것이다. 사실 시 평론가들이 그동안 '난해시'에 대하
여 이론적으로 정립해 놓은 글을 아직 접하지 못하였다. 그
렇더라도 난해시가 엄연히 존재하기에, 그 존재 자체를 부
정하기는 어렵다. 이 난해시를 접했을 때 느낀 점은 아무리
작품을 여러 번 읽어도 그림이 잘 그려지지 않는다는 점이
다. 그리고 행과 행, 구와 구, 단어와 단어 사이에 의미가 단
절되어 무슨 뜻인지 알 수 없다는 특징이 있다. 이정자 시
인은 이 어려운 난해시 문제를 시조 형식에 담아 비유법을
써가면서 자신의 견해를 피력하였다. 초장에서는 "피카소
그림 보듯 한동안 젖어본다"라고 했는데, 그 피카소의 그
림이 어떤 성격의 그림이냐가 문제 된다. 어떤 사람은 "나
는 피카소의 작품을 대할 때마다 번쩍이는 영감에 사로잡
히게 된다"라고 하였다. 또 어떤 사람은 "피카소의 그림을
처음 대하는 사람들은 비논리적 색채와 형태에 혼란을 겪

게 된다"라고 하였다. 그러니 예의 작품 초장에서 '피카소의 그림을 보듯'이라 한 것은 난해한 그림을 보는 것이나, 난해한 시를 보는 것이나 마찬가지라는 의미가 된다. 중장에서는 "행간의 추상화를 골을 따라 짚어본다"라고 했는데, 읽는 이에 따라 해석이 달라질 수 있다는 이야기고, 추상화를 보는 것 같아서 작자의 의도를 파악하기가 힘들다는 뜻이 내포되었다. 난해시의 이러한 성격을 이상의 오감도에 비유하였고, 알 수 없는 언어유희라고 규정하였다. 얼마나 이해하기 힘들면 이상의 '오감도'를 예로 들었을까?

작품 ⑤의 제목은 「어떤 시 2」이지만 역시 '난해시' 문제를 주제로 삼은 것이다. 난해시에 대하여 어떤 소설가는 "지식인의 자기 기만의 넋두리"라 표현한 적이 있는데, 이 말은 난해시 쓰는 사람은 자기 자신도 속이고 남도 속이는 나쁜 사람이라 본 것이다. 어떻든 필자도 '난해시'를 보면서 말장난하는 것으로 간주하였다. 시나 시조는 쓰는 사람이나 읽는 사람이나 진정성이 있어야 되는데, 말장난으로 사람을 혼란에 빠뜨리고 있으니 비판받아 마땅하다. 이정자 시인은 예의 작품에서 "대상은 숨겨놓고 이미지만 묘사하여"라고 했는데, 필자의 입장에서는 이미지도 단절시켜 무슨 소린지 알 수 없게 쓰는 것이 그들의 수법이라고 생각한다.

그 다음 의미를 희생시킨다는 말도 맞고 암호 같은 언어유희라는 말도 맞다. 그리고 종장에서는 "독자는 알 수 없으니"라고 했는데 아마도 그런 시를 쓴 작자 자신도 그 작품의 뜻을 모를 것이라 보아야 한다. 제2수에서도 "무에서 유를 낳아 신의 손을 빌렸다"고 했는데, 이것은 아마 성경 창세기에 의하면 조물주 하나님이 태초에 아무 것도 없는 상태 곧 '무'에서 6일 동안 이 세상을 말씀으로 창조하였다는 데서 '신'의 손을 빌렸다고 한 것일 게다. 하지만 본 논자는 신의 손을 빌린 것이 아니라 악마의 입을 빌렸다고 하는 편이 정확할 것 같다. 이런 부류의 작품들을 "독자는 알 수 없어도 시의 미학이라네"라 한 것은 곧 이러한 난해시를 그들 스스로 '시의 미학'이라며 치켜세운다는 의미가 내포되어 있다. 본 논자는 '난해시는 허구의 나열' 정도로 보고 싶다.

3. 꿈을 향해 달려가는 시심詩心

①
가지 끝 휘파람새 비상을 꿈꾸는가
휘얼휠 날아가라 높이높이 날아가라
후루루 휘파람 불며 뜻을 펼쳐 날아라.
　　　　　　　　　　　　　－「비상을 꿈꾸다」 전문

②
만선을 꿈꾸면서 출항하는 어부에겐
새까만 바닷길도 반짝이는 보석이다
희망을 걷어 올리는 풍요로운 길이기에
　　　　　　　　　　　 ─「꿈이 있기에」전문

③
청춘의 피돌기가 신록에서 반짝이며
쭉 뻗은 가지마다 숨 가쁘게 달려가네
초록빛 대지의 꿈도 솟아나는 이 계절
　　　　　　　　　　　 ─「오월」전문

　작품 ①의 제목은 「비상을 꿈꾸다」이다. 비상을 꿈꾸어
야 실제로 비상할 수 있게 된다. 이 세상에 꿈꾸지 않았는
데 이루어진 것은 아무것도 없다. 젊은이나 늙은이나 꿈꾸
면서 살아야 그의 미래가 밝아진다. 어느 초등학교에 가보
니 정문에 들어섰는데 큰 바윗돌에다 "우리는 미래를 꿈꾼
다"는 교훈을 새겨놓았다. "미래를 꿈꾼다"는 말은 얼마나
희망적인 말인가? 그런데 작품 ①의 초장에서는 "가지 끝
휘파람새/비상을 꿈꾸는가"라고 하여, 휘파람새를 소재로
등장시켰다. 여기서 휘파람새는 실제로 휘파람샛과에 속
하는 작은 새일 수도 있고, 작자 자신을 휘파람새에 비유했

다고 볼 수도 있고, 미래를 꿈꾸며 살아가는 많은 사람들을 그렇게 비유했다고 볼 수도 있다. 그만큼 이 휘파람새라는 단어는 다의성이 있고 함축성이 있는 것이다. 시적 자아는 그 휘파람새를 향하여 '훨훨 날아가라', '높이높이 날아가라'고 목청을 높이었다. 비상하고 발전하라는 당부의 이야기다. 그것도 신나게 휘파람을 불면서 날아가라고 하였다. 자신의 뜻을 마음껏 펼쳐보라는 이야기다. 그야말로 젊은 이들에게 아니 우리 모두에게 희망을 던져주는 명언이다.

작품 ②의 제목은 「꿈이 있기에」이다. 우리가 열심히 일하는 것도 열심히 공부하는 것도 꿈이 있기에 노력하는 것이다. 꿈이 없는 사람은 노력하지 않는다. 꿈이 있는 사람은 그 꿈을 이루기 위하여 부단히 노력한다. 초장에서 "만선을 꿈꾸면서 출항하는 어부에겐"이라 하여 그 꿈꾸는 주체가 어부라는 것을 제시하였다. 어부의 꿈은 고기를 많이 잡아서 배에 가득 싣고 돌아오는 것이다. 그래서 '만선의 꿈'이라 표현하였다. 그 어부에게는 새까만 바닷길도 반짝이는 보석으로 보인다는 것이다. 왜냐하면 희망을 길어 올릴 수 있고, 풍요의 삶을 실현할 수 있기 때문이다. 여기서의 '어부'는 실제로 고기잡이를 생업으로 하는 어부를 지칭할 수 있지만, 그 어부를 시인에 비유할 수도 있고, 화가에 비유할 수도 있고, 돈을 많이 벌어야 하는 상인에 비유할 수도 있다. 그 존재가 누가 되었든 우리는 희망을 걸어 올려야 하고, 풍요로운 삶을 누려야 하기 때문이다. 이처럼 '어부'를 여러 가지 측면에서 해석할 수 있기에 이런 작품을 함축성이 있는 작품이라 정의하고 싶다.

작품 ③의 제목은 「오월」인데, 이 오월이라고 하는 계절은 이 작품에서 중요한 소재 노릇을 하고 있다. 오월은 신록이 방창하고 대지가 초록빛 색깔을 띠고 아름다움을 마음껏 발휘하는 계절이다. 그래서 누군가 "오월을 계절의 여왕"이라 예찬한 이도 있다. 또 인간으로 말하면 유소년 기를 지나 청춘기에 접어든 때로 비유할 수 있다. 그러니 "쭉 뻗은 가지마다 숨 가쁘게 달려가네"라는 말로 표현할 수 있는 것이다. 종장에서는 "초록빛 대지의 꿈도 솟아나는 계절"이라 했는데, 삼라만상이 자아의 꿈을 마음껏 펼칠 수 있는 계절이 오월이라고 생각한다. 이 오월은 우리 인간에게 꿈과 희망을 부풀려 주는 좋은 시기인 것이다.

④
새벽길 열어가는 활기찬 걸음마다
시간을 재단하며 꿈을 싣고 달려간다
소망은 스스로 여는 것

의지 따라 달린다.

—「새벽길」 제1수

⑤
촉촉한 대지 위에 술렁이는 생명들이
배시시 눈을 뜨고 햇살 한줌 받아먹고
봄맞이 초록 뜰에서 꿈을 꾸고 있네요.

—「봄맞이」 제2수

⑥
누에의 푸른 꿈은 먼 시간 달려오다
멈추는 어느 시점 백옥같은 비단실로
해탈의 긴긴 역사를 뽑아내는 즐거움.

—「누에의 꿈」 제1수

우선 작품 ④의 「새벽길」부터 감상하겠다. 계사년은 가
는 해이고 갑오년은 오는 해이다. 마찬가지로 뜨는 해가 있
고 지는 해가 있다. 새벽길이 있으면 어두운 밤길도 있게
마련이다. 밤길은 희망이 없지만 새벽길은 희망이 있다. 그
래서 이 작품의 초장은 "새벽길 열어가는 활기찬 걸음마
다"라는 희망적인 문장으로 시작하였다. 새벽길은 사람들
의 걸음걸이가 활기차지만 밤길은 그 걸음걸이가 지치고
피곤해 보인다. 새벽길의 활기찬 걸음걸이는 시간을 재단

하면서 꿈을 싣고 달려간다. 종장에서는 "소망은 스스로 여는 것"이라고 하였다. 인간이 잘되고 못 되는 것도 모두 자기 자신에게 달렸다. 긍정적인 인생관을 가지고 매사를 좋게 바라보고 열린 자세를 가지면 복이 굴러 들어오지만, 대상을 부정적으로 바라보고 헐뜯기만 하면 들어오던 복이 되돌아 나간다. 그러니 소망은 스스로 열어가는 것이지 남이 가져다주는 것이 아니다. 이 또한 긍정적인 삶의 제시로 결국 자신이 나아가는 길은 자신에게 있음을 일깨워 준다 하겠다.

작품 ⑤의 제목은 「봄맞이」이다. 이 봄맞이에 대하여 제 1수에서는 이슬비 소곤대며 새싹을 깨워준다고 하였다. 봄바람이 살금살금 강물을 건너온다고 하였다. 물안개 피어오르며 실바람도 재워준다고 하였다. 마치 한 폭의 아름다운 풍경화를 대하는 듯한 느낌이다. 하여간에 봄은 일 년의 출발점이 되는 계절이다. 삼라만상이 겨울잠에서 깨어나고 새싹이 돋아나는 계절이다. 희망과 꿈과 미래에 대한 설렘으로 가슴이 벅차오르는 계절이다. 촉촉한 대지 위에 생명들 꿈틀거리는 모습이 마치 술렁이는 것 같은 느낌을 받게 된다. 그 생명들이 배시시 눈을 뜨고 잎을 돋아나게 하고 꽃을 피게 한다. 아울러 햇살을 받아먹으면서 눈부신 성

장을 하게 된다. 그리고 종장에서는 "봄맞이 초록 뜰에서 꿈을 꾸고 있네요"라고 하였다. 그 생명들에 무한한 가능성이 열려 있음을 표현한 희망적인 작품이다.

작품 ⑥의 제목은 「누에의 꿈」이다. 사람이 가지고 있는 꿈을 '인간의 꿈'이라 한다면, 누에가 가지고 있는 꿈은 '누에의 꿈'인 것이다. 이 정자 시인은 이 작품의 제1수에서는 '누에의 푸른 꿈'이란 말을 사용하였고, 제2수에서는 '누에의 붉은 꿈'이란 말을 사용하였다. 누에의 푸른 꿈은 백옥 같은 비단실로 해탈의 긴긴 역사를 뽑아내는 것이라고 하였다. 누에의 붉은 꿈은 해탈의 꿈을 누리며 비상하는 깨달음이라고 하였다. 제1수에서 누에의 푸른 꿈은 어느 시점 백옥 같은 비단실로 해탈의 긴긴 역사를 뽑아내는 즐거움이라 했으니, 결국은 누에가 나중에 누에고치를 짓고 비단실을 뽑아내는 과정을 이야기한 것이다. 이처럼 누에가 비단실로 거듭나는 과정을 해탈이라 표현하였으니, 누에로서 최고의 경지 즉 해탈의 경지에 이르는 것을 「누에의 꿈」이라 명명한 것이다. 이는 인간 역사의 단면을, 또는 삶의 과정을 대체시켜 풀어 볼 수 있는 의미심장한 작품이기도 하다.

4. 비유의 묘미

①
저리도 부드럽게 조심스레 세필 세워
촉촉이 스며들어 여백을 채우면서
대지에 풍경 그리는 조물주의 초록비

— 「봄비」 전문

②
오롯한 길을 밟아 평생을 가고픈데
굽은 길 뒤틀린 길 고개 너머 또 한 고개
하나씩 넘어가면서 삶이란 걸 배우네.

— 「삶」 전문

③
가만히 귀 기울여 개울가에 앉아보면
해맞이 버들개지 반 눈 뜨고 물 마시고
투명한 얼음 아래선 동자승의 독경 소리

— 「해동 소리」 전문

시조를 시조답게 하는 것은 비유와 상징이다. 직설법을
쓰지 않고 비유법을 썼을 때 작품의 기氣가 생생하게 살아
난다. 그만큼 비유는 시적 효과를 거두는 데 필수적인 요소

이다. 그런데 대부분의 시인들은 대상을 설명해 놓고도 그것이 설명인 줄 모르는 것 같다. 왜냐하면 표현이 밋밋하고 산문처럼 늘어진 작품들을 많이 대할 수 있기 때문이다. 작품 ①의 제목은 「봄비」인데, 이 작품에서의 봄비는 중요한 소재이다. 그 봄비를 아주 부드러운 것으로 인식했고, 세필 細筆을 세운 것에 비유하였다. 세필은 잔글씨를 쓰는 데 필요한 가는 붓이다. 그 세필로 그림을 그리는데 촉촉이 스며들어 여백을 메운다고 하였다. 그것이 대지에 풍경을 그리는 조물주의 초록비라는 것이다. 그러니까 봄비를 대지에 풍경 그리는 모습으로 보았고, 대지를 초록색으로 물들이는 물감으로 본 데에 이 작품의 묘미가 있는 것이다. 이처럼 대상을 남이 안 보는 시각으로 보고 새로운 해석을 했을 때 작품의 시적 효과는 배가된다고 생각한다.

작품 ②의 제목은 「삶」인데, 시적 자아가 추구하는 삶의 모습이 어떠한 것인지를 잘 나타내 주고 있다. "오롯한 길을 밟아 평생을 가고프다"라고 하였다. 바로 이런 것이 선비정신이요 선비의 갈 길이 아닌가 싶다. 그런데 이 세상은 그 오롯한 길을 가게끔 그냥 놔두지 않는다. 우리들 앞에 굽은 길, 뒤틀린 길이 너무 많이 놓여 있기 때문이다. 우리들 앞에 힘든 고개가 많아서 한 고개를 넘으면 또 한 고개가 기다리고 있기 때문이다. 그러면 이 작품에서의 '길'은 무엇인가? 그것은 우리의 삶의 길이요, 우리 인생이 살아가는 삶의 노정이다. 우리가 살아가는 길에는 바른 길도 많이 있지만, 굽은 길, 뒤틀린 길이 너무 많다. 그래서 본의 아니게 잘못된 길을 가게 되는 경우가 많다. 그래서 과오를 범하고 죄를 짓게 되는 경우도 있는 것이다. 그 다음 '고개'란 무엇인가? 그 또한 삶의 고개요 인생 고개를 의미한다. 그 고개란 사람 살아가기 힘든 것을 고개에 비유한 것이다. 우리 인간이 이 세상 살아가는데 얼마나 힘든 일을 많이 겪게 되는가? 그 고개를 넘다가 심지어는 죽는 경우도 있다. 시적 자아는 그 고개를 하나씩 넘어가면서 삶이란 걸 배운다고 했다. 그래서 인생은 평생 배우며 가는 길이다.

작품 ③의 제목은 「해동 소리」이다. 이 말은 겨울이 지나고 이른 봄에 얼었던 강물이나 개울물이 풀리는 소리를 의미한다. 그 해동 소리를 듣기 위하여 자아는 가만히 귀 기울여 개울가에 앉아본다. 해맞이 버들개지가 반 눈 뜨고 물을 마시고 있으니 머지않아 싹이 돋아날 것이다. 그런데 투명한 얼음 아래선 동자승의 독경 소리가 들린다고 했으니 이 얼마나 엉뚱한 소리인가? 여기서의 '동자승의 독경 소리'는 바로 해동 소리요 물 흐르는 소리이기도 하지만 그 소리 가운데 동자승의 독경 소리 같은 청아함과 무구함과 깨달음을 얻게 된다는 것이다. 이처럼 특이한 비유를 우리들은 개성적인 비유라 하고, 그 개성적인 비유를, 많은 평자들은 좋게 평가하고 있는 것이다.

이제까지 이정자 시인의 작품세계를 장황하게 논의 하였다. 그 많은 작품들을 한꺼번에 논의할 수 없으므로, 이것을 체계적으로 고찰하기 위하여 ① 인생이나 삶의 문제를 형상화한 작품, ② 시조사랑과 난해시에 대하여, ③ 꿈을 향해 달려가는 시심, ④ 비유의 묘미 등 네 항목으로 나누어 살펴보았다. 그의 작품세계에서 느낀 점을 총 정리하면 다음과 같다. 첫째 인생의 의미를 함축한 작품이 많다, 둘째 시조사랑 정신을 작품으로 형상화하였다. 셋째 함축미와 절제미를 느낄 수 있었다. 넷째 수식어를 별로 쓰지 않았다. 다섯째 정격시조를 즐겨 썼다. 여섯째 사물을 긍정적인 시각으로 바라보았다. 필자 나름대로 이상과 같이 정리해 보았지만 빠뜨리고 미처 언급하지 못한 점은 나중에 다른 분이 발견해서 보충해 주리라 믿는다. 이정자 시인이 제 8시조집 상재하는 것을 다시 한 번 축하드리고, 갑오년 새해 청마처럼 힘차게 달리시기를 기원한다.

평자 단평 몇 점

지나온 몇 성상에 마음 많이 아파했다
어쩌다 내가 안고, 가야 할 몫이 되어
날마다, 두 손 모으며 내 마음을 재웠다.

맨 처음 의자 하나 바라보고 앉았을 땐
어설픈 살림살이 마음으로 다독이며
하나씩 채워나가며 아름답게 꾸렸다.

가슴에 손을 얹고 마음을 다스린다
징소리 울리구나 북소리도 울리구나
목청껏, 하나로 불러 축제마당 펼친다.
　　　　　　　　　　　　－ 이정자, 「축제마당」 전문

　시인은 흔히 자연이나 애정 등에서 소재를 택하여 시상
을 전개해 나간다. 자연은 원초적 가치 탐색의 무한 저장소
이며 애정 문제는 인간 본연의 욕구불만에서 비롯된 갖가
지 유형의 시적 감성들이 꿈틀거리고 있기 때문이다. 그러

나 위에 제시된 시조는 독특하게도 인생의 한 페이지에 내장된 "책무와 그 보람"의 문제를 다루고 있다. 전 3수로 이루어진 이 글은 서정적 자아 '나'가 자신에게 맡겨진 책무를 수행해 나아가는 마음준비—실행단계—성과단계라는 시상 전개의 서사구조를 띠고 있다. 마음 아프게 떠안고 갈 수밖에 없는 현실의 문제를 다독이며 하나씩 이루어 채워나가다가 종국에는 어려움을 극복해 내고 그 기쁨을 축제마당에 비유하여 환희의 경지를 그려내고 있다. 이 글에서 '의자'는 맡겨진 직분, '징소리'는 오랫동안의 고뇌 속에서 우려낸 그윽하고도 깊이 있는 내밀한 탄성, 북소리는 고난을 이겨내고 울리는 승전고를 상징하기도 할 것이다.

하나의 시가 진실성을 드러내려면 진솔한 체험으로부터 비롯된 글이라야 한다. 피와 땀의 발자취를 되돌아보는 일은 기쁜 일이다. 시조의 정격을 잘 지켜낸 본 시조는 특이한 문학적 기교나 수사가 아니더라도 '마음 다스림'으로 비롯된 시인의 진솔한 체험이 미적 바탕을 이루어 독자들에게 감동을 준다(문학박사 이광녕).

> 어쩌지? 공황이다 배들만 요란하다
> 몸 하나 못 가누는 고무풍선 인형처럼
> 중심을 잡지 못하고 갈짓자로 헤맨다.

아니다 발전이다 거듭나기 위함이다
미아로 애태우던 그 시간이 있었기에
저마다 도약을 위한 마음들이 모일거야.
　　　　　　　　　　　－ 이정자, 「공황(恐慌)」 전문

이 작품은 어떤 상황에 대한 두 가지 시선을 보이고 있
다. 상황이란 바로 '공황'이다. 공황을 쉽게 이해한다면 기
존의 안정된 상태를 급격하게 잃게 된 혼란의 상태라고 단
순화시킬 수 있을 것이다.

그런데 이 작품의 첫 수는 공황을 혼란의 상태 그대로 제
시하고 있고, 둘째 수는 그 혼란의 상태를 새로운 출구를
위한 과도기로 그려내고 있다. 연속적인 상의 전개나 표현
만 차이가 있을 뿐 부연되는 연시조를 흔히 보아온 독자에
게 이런 방법은 신선하다(『월간문학』 2011년 7월호, 이우
걸, 시조시인협회 이사장).

민들레 홀씨 되어
바람타고 날아가서

지구촌 곳곳마다
튼실하게 뿌리내려

김매는 마음결 따라
화사하게 피어라
　　　　－ 이정자, 「시조야, 시조야」 전문

　이 시인은 시조의 정격을 지켜가는 시조 파수꾼의 한 사람으로 알고 있다. 여기서는 시조의 세계화를 간절히 바라고 있는 작품을 선보이고 있다. 제목에서도 반복법, 돈호법으로 강조의 효과를 거두며 쉽게 읽히어 화자의 간절한 시조사랑의 정신을 짐작할 수가 있다. 시조란 이름을 달고 파격의 작품이 판을 치는 요즈음 이와 같이 시조를 아끼고 사랑하며 시조 인구 저변확대에 전력을 투구하는 시조시인이 건재하는 한 우리 시조의 앞날은 창창하다는 확신이 든다. "김매는/마음결 따라/화사하게 피어라." 이 틀 속에 깃든 목소리가 높고도 큰 울림으로 우리에게 다가옴을 느낄 수 있다(『시조문학』 2012 여름호, 김석철, 전 한국시조시인협회 부회장).

나무는 굳건하게 제자리 지키면서
매서운 한파에도 새봄을 준비하며
흩어진 잎새 하나도 품안으로 감싼다.

제자리 못 지키는 포도 위 낙엽 하나
어쩌다 삐쳐 나와 저리도 서성이나
바람아 저 낙엽 실어 갈 곳 찾아 주어라.
　　　　　　　　　– 이정자, 「나무와 낙엽」 전문

　정격과 율격 등에서 모범생의 옷매무새를 보는 듯한 단
정한 시조다. 첫째 수에서 시인은 나무와 낙엽이라는 자연
물부터 인간사의 부모와 자식, 스승과 제자의 관계에서나
볼 수 있는 무한 사랑을 연상하도록 하였고, 둘째 수에서는
그 안전한 울타리를 이탈하여 방황하는 인간상을 바람이
라는 객관적 상관물을 통해 바른 길로 인도하도록 명료하
게 귀결시켜 마치 한 편의 묵시록 같은 느낌을 주는 작품이
다(『계절문학』 2013 가을호, 유권재, 문인협회 이사).

언어와 한 몸 이룬 무한 공간 어느 지점
사고의 낱알 따라 우주와 교감하고
눈부신 햇살 아래서 꿈을 펼쳐 놓는다.

때로는 쉬어가며 오던 길 돌아보고
징검돌 놓아가며 하나 둘 올라가선
작아도 튼실한 열매 디딤돌로 삼는다.

노을이 서녘 하늘 아름답게 장식하듯
경륜도 젊음보다 여유로운 자산이니
시조의 세계화 향해 아름답게 피우리.
　　　　　　　－ 이정자의 「어떻게 하지?」 전문

　본 작품을 읽으면서 밀레의 「이삭줍기」가 생각났다. '언어의 이삭줍기'라 하자. 이삭은 농민들이 추수하면서 흘린 것들이다. 철새들의 먹이로 그냥 놔두어도 되는 것들이다. 시인은 이것을 놓치지 않는다. 철새 먹이와 사람 먹이를 이삭에서 구분해내고 있는 것이다. 그리고 상이한 언어의 퍼즐들을 서로 맞추어가고 있는 것이다. 그 만나는 지점이 '무한 공간의 어느 지점'이고 작업은 낱알과 우주와의 끝없는 교신이다.

　시인은 쉬엄쉬엄 쉬어도 가고 오던 길을 돌아도 보고 징검돌 놓아가며 여유롭게 올라간다. 느긋하게 경륜이 젊음보다 여유로운 현재의 삶을 조심스레 영위하며, 세계화의 꽃을 피우기 위한 시조영역의 아름다운 여정을 엮어간다. 화려한 수식은 시인에겐 사치이다. 우주와 교감하는 것은 마음이 가난한 자만이 할 수 있는 기나긴 여정이며 작업이다.

　작품 「어떻게 하지?」는 시조의 세계화를 향해 나아가는

길에서, 밀레의 명화 같은 메시지를 우회적으로 말해주고
있는 외경스러운 작품이다(신웅순, 중부대 교수).

> 마음을 비워보라 한가득 채우리니
> 가만히 눈을 감고 세상을 읽어보라
> 눈 뜨고 못 본 세상이 눈에 가득 오리니
>
> 이루지 못한 꿈이 아쉽다 생각되면
> 저만치 물러서서 지성껏 맞아보라
> 그렇게 바라던 꿈이 손을 뻗어 오리니
> ─「역설의 미학 2」 전문

본 시조는 인생문제를 다루면서 깨달음을 주는 교훈적
작품이다. 마음을 비우는데 오히려 가득히 채우게 된다니,
역설의 미학이다. 가만히 눈을 감고서 세상을 읽어보라고
하니, 이 또한 역설의 미학이다. … 중략 …

그렇다. 이 세상의 사물은 육안肉眼으로 보이는 것이 있
고 심안心眼으로 보이는 것이 있다. … 중략… "이루지 못한
꿈이 아쉽다고 생각되면/저만치 물러서서 지성껏 바라보라/
한다. 누구에게나 이룩한 꿈도 있고 이룩하지 못한 꿈도 있
게 마련이다. 그 이루지 못한 꿈이 있으면 저만치 물러서서
지성껏 맞아보라고 한다. 너무 집착하지 말고 또는 조급하

게 생각하지도 말고 여유를 가지고 정성을 다해보라는 것
이다. 그러면 그 바라던 꿈이 스스로 손을 뻗어오고 소원성
취하게 되리라는 것이니, 이 또한 달관의 인생철학을 비춰
준다. 곧 시인의 인생철학이 그대로 배어난 교훈적이고도
묵시적인 작품이다(원용우, 전 교원대 교수).

Sijo is poetry native to Korea. It is distinguished from free poems as a separate identity that it has its own formal beauty, and the works that deviate from this poetic rule are guarded against. In the past ancient *Sijo*, in terms of both music and literature, was a major genre in harmony with Chang(songs), however, In modern times, it has been created irrelevantly with Chang.

With most English-version *Sijo* works, foreign readers can't feel the specific character of *Sijo* works because it is not proper to translate *Sijo* works in accordance with the formality of English poetry.

For example, Following English translation of the best known Korean *Sijo* is Seong, Sam Moon's 'Constant song.'

Let's try to read the following *Sijo* together.

[You asked me/what I'll be(3 · 3)/
when this body/is dead and gone?(4 · 4)//
On the topmost peak/of Pongnaesan(5 · 4)//
A great spreading pine/is what I'll become(5 · 5)//
There to stand/alone and green(3 · 4)/
when snow fills/all heaven and earth(3 · 5).
(translated by Calvin Oluke)]

This is not in accord with *Sijo's* form, so I have been opposing to Calvin's translation. While the following does not; Let's try to compare, the two, the former with the latter.

['When this frame/is dead and gone(3 · 4)/
what will then/become of me?(3 · 4)//
On the peak/of Pongnae-san/(3 · 4)
I shall become/a spreading pine(4 · 4)//
When white snow/fills heaven and earth(3 · 5)

I shall still stand/lone and green(4 · 3)'

(translated by Richard Lutt)]

This translation exactly agrees with Korean and English syllables in *Sijo*; the first verse: 3/4/3/4, the middle verse: 3/4/4/4, the last verse: 3/5/4/3.

I have been translating *Sijo* works in English by Richard Lutt's method. (translated by Lee, Jeongja)

* Author profile

* Poetess, Korean Literature, Ph. D. English literature, B. A

* Collected Sijo Poetry:

『A train journey』, 『A scent of Sijo』 besides, a work in six volumes.

* Free Poems: 『The scape of mind』 besides, a work in two volumes.

* Learned books:

『Modern Sijo, A way of the proper form』 a work in fifteen volumes.

『Understanding of literature』(The year 2012, The Culture

Ministry Selected as one of the outstanding academic books)

* Sijo Literature Work Awardee(2006)

* Gosan, Yun, Seondo Sijo Literature Awardee(2012)

* Han, Haun, Literature Awardee(2013, literary criticism)

* Korean Sijo Writers's Association's Central Committee

* Korean Modern Poet Association, Central Committee

* Korean Sijo—Sarang Writers's Association, Vice-chairman

* Ewha University Alumni the Literary Association's a director.

* Corporation, The Society for Sijo Literary Promotion.
  The chief director(2011~2013)

내 안의 섬

초판 1쇄 인쇄일	| 2014년 5월 27일
초판 1쇄 발행일	| 2014년 5월 28일
지은이	| 이정자
펴낸이	| 정진이
책임편집	| 이가람
편집/디자인	| 심소영 신수빈 윤지영
마케팅	| 정찬용 권준기
영업관리	| 김소연 차용원
컨텐츠 사업팀	| 진병도 박성훈
인쇄처	| 월드문화사
펴낸곳	| 새미

등록일 2006 11 02 제2007-12호.
서울시 강동구 성내동 447-11 현영빌딩 2층
Tel 442-4623 Fax 442-4625
www.kookhak.co.kr
kookhak2001@hanmail.net

ISBN	| 978-89-5628-637-2 *03800
가격	| 14,000원